순박한 마음

Un coeur
simple

귀스타브 플로베르
유호식 옮김

순박한 마음

Un coeur simple

귀스타브 플로베르

차례

순박한 마음

1

풍레베크[1]의 가정주부들은 펠리시테를 하녀로 데리고 있는 오뱅 부인을 오십 년 동안 부러워했다.

펠리시테는 일 년에 100프랑을 받으며 요리와 집 안 살림, 바느질과 빨래와 다리미질을 했고, 말에 굴레를 씌우고 닭을 통통하게 살찌우고 버터를 만들 줄도 알았으며 상냥하지 않은 여주인에게도 충실했다.

여주인은 잘생겼지만 재산이라고는 전혀 없는 청년과 결혼했다. 그는 1809년 초에 상당한 빚과 아주 어린 아이 둘을 남기고 죽었다. 그래서 그녀는 투크와 제포스에 있는 농장만 남기고 부동산을 다 팔아야 했다. 두 농장에서 나오는 수입은 기껏해야 5000프랑이었다. 그녀는 생믈렌의 저택을 떠나 생활비가 덜 드는 다른 집으로 이사했다. 대대로 물려받은 그

---

1   풍레베크는 플로베르의 어머니가 태어난 도시로 플로베르 삶에서 중요한 의미를 띤다. 플로베르는 1876년 4월 초에 이 소설을 쓰면서 풍레베크와 옹플뢰르를 다시 방문하여 작품 분위기를 검토했다.

집은 시장 뒤에 있었다.

슬레이트 지붕을 얹은 집은 상점 거리와 강에 이르는 골목길 사이에 있었다. 집 내부는 울퉁불퉁 턱이 져서 사람들이 걸려 넘어지곤 했다. 좁은 현관을 사이에 두고 부엌과 거실이 있었다. 오뱅 부인은 하루 종일 거실의 십자 유리창 옆 밀짚 소파에 앉아 시간을 보냈다. 벽 아래에 붙인 흰색 장식 널판자에 마호가니 나무 의자 여덟 개가 줄지어 기대 있었다. 기압계 아래에 놓인 낡은 피아노 위로 나무 상자와 종이 상자가 피라미드처럼 쌓여 있었다. 자수가 놓인 안락의자 두 개가 루이 15세풍의 노란 대리석 벽난로 양옆에 놓여 있었다. 가운데에 있는 추시계에는 베스타[2] 신전이 그려져 있었다. 바닥이 정원보다 낮아서 방 전체에서 곰팡이 냄새가 약간 났다.

2층에는 우선 '부인'의 침실이 있었다. 아주 큼지막한 그 침실에는 연한 꽃무늬 벽지가 발라져 있고 멋쟁이 차림의 '주인어른' 초상화가 걸려 있었다. 그 침실은 더 작은 침실로 연결되었으며, 그곳에는 아이용 침대 두 개가 매트리스 없이 놓여 있었다. 그다음에는 침대보를 덮은 가구로 가득 찬, 항상 닫혀 있는 거실이 나왔다. 복도는 서재로 이어졌다. 커다란 검은색 나무 책상의 세 면을 책장이 둘러싸고, 책장 선반은 책들과 서류들로 채워져 있었다. 불쑥 튀어나와 있는 패널 두 개는 좋은 시절의 추억이자 사라져 버린 사치의 추억인 펜화들, 고무 수채화법으로 그린 풍경화들, 오드랑[3]의 판화들에 가려 보

2　베스타는 가정을 지키는 로마의 여신이다. 베스타 신전의 성스러운 불이 꺼지지 않도록 순결한 처녀들이 지켰다고 한다.

3　'오드랑 왕조'라고 불릴 만큼 17세기부터 18세기 중엽에 이르기까지 회화, 판화, 조각 부문에서 탁월한 예술가를 배출한 가문. 제라르 오드랑(1640~1703)은 루

이지 않았다. 3층에는 지붕 유리창으로 들어온 햇빛이 목초지 쪽으로 나 있는 펠리시테의 방을 밝혀 주었다.

그녀는 새벽부터 일어나 빠지지 않고 미사를 드렸고 저녁까지 쉬지 않고 일했다. 저녁 식사가 끝나면 그릇을 정리하고 문단속을 단단히 한 후, 재에 장작을 쑤셔 놓고 손에 묵주를 든 채 아궁이 앞에서 잠들곤 했다. 가격 흥정을 할 때 그녀보다 고집을 세우는 사람은 없었다. 청결로 말하자면 냄비가 얼마나 윤이 나는지 다른 하녀들이 골치를 썩었다. 그녀는 6킬로그램짜리 빵을 일부러 자신을 위해 구워 이십 일 동안 천천히 먹었는데, 손가락으로 식탁 위의 빵 부스러기를 긁어모을 정도로 알뜰했다.

사철 내내 그녀는 거친 면숄을 핀으로 고정한 채 등에 걸치고 다녔고, 헝겊 모자로 머리카락을 감추었으며, 긴 회색 양말과 붉은색 치마 차림이었고, 짧은 윗옷 위로는 병원 간호사들처럼 가슴 장식이 달린 앞치마를 둘렀다.

그녀의 얼굴은 말랐고 목소리는 날카로웠다. 25세 때 40세처럼 보였다. 50대가 되자 그녀의 나이를 말할 수 있는 사람이 없었다. 그녀는 항상 말이 없고 허리를 꼿꼿이 세운 채 절도 있게 행동해서, 꼭 나무로 만든 자동인형 같았다.

이 14세 치하의 프랑스를 잘 구현한 판화가로 알려져 있다.

2

다른 여자들처럼 그녀에게도 자기만의 사랑 이야기가 있었다. 석공이던 그녀의 아버지는 사고로 발판에서 떨어져 죽었다. 이어 어머니가 죽고 자매들은 뿔뿔이 흩어졌다. 어떤 농부가 그녀를 맡았는데, 몹시 어린 탓에 들판에서 암소 지키는 일을 시켰다. 그녀는 다 떨어진 옷을 입고 추위에 떨었으며, 늪지의 물을 엎드려 마셨고, 아무것도 아닌 일에 두들겨 맞았다. 결국에는 훔치지도 않은 30수를 훔쳤다고 쫓겨났다. 다른 농가에 들어가 닭 등의 날짐승을 키웠는데, 주인 부부의 마음에 들자 동료들의 시샘을 받았다.

8월 어느 날 저녁(당시 18세였다.) 친구들이 그녀를 데리고 콜빌의 장터에 갔다. 요란한 바이올린 소리, 나무 사이에 밝힌 조명들, 레이스 달린 울긋불긋한 옷들, 금으로 된 십자가 모양 펜던트들, 한꺼번에 펄쩍 뛰어오르는 수많은 사람들 때문에 그녀는 얼이 빠지고 어안이 벙벙해졌다. 그녀는 한쪽에 얌전히 서 있었는데, 파이프를 피우며 끌채에 팔꿈치를 괴고 있던 부유해 보이는 청년 테오도르가 다가와 춤을 청했다. 그녀에게 사과주와 커피, 갈레트, 스카프를 사 주더니 청년은 그녀가 짐작했으리라고 생각하고 데려다주겠다고 했다. 귀리밭 가장자리에 이르자 그가 그녀를 난폭하게 쓰러뜨렸다. 그녀는 겁이 나서 고함을 지르기 시작했다. 그가 물러났다.

어느 날 저녁 보몽으로 가는 길에서 건초를 실은 커다란 수레가 천천히 가기에 그녀가 앞지르려고 했다. 수레바퀴를 스치듯 지나가다가 그녀는 테오도르를 알아보았다.

그가 태연한 표정으로 다가오더니 "술을 마신 탓에" 그런 거니까 모두 용서해 줘야 한다고 말했다.

그녀는 대답할 말이 떠오르지 않았고 달아나고만 싶었다.

곧 그는 수확량과 읍내 유력자들에 대해 말했다. 아버지가 콜빌을 떠나 에코의 농장에서 일하게 되어서 이제는 자신이 그녀의 이웃이 되었다는 얘기였다. "아!" 그녀가 말했다. 식구들이 자기를 결혼시키려고 한다고 그가 덧붙였다. 그런데 자신은 서두를 게 없어서 취향에 맞는 여자를 기다릴 거라고 했다. 그녀는 머리를 숙였다. 그러자 그가 그녀에게 결혼 생각이 있냐고 물었다. 그녀는 웃으며, 사람 놀리는 건 나쁜 짓이라고 대답했다.

"놀리는 거 아니에요, 맹세해요!" 그러고는 왼팔로 그녀의 허리를 감싸 안았다. 그들의 발걸음이 느려졌다. 바람은 부드러웠고 별들이 빛났다. 건초를 실은 커다란 수레가 그들 앞에서 흔들거렸다. 말 네 마리가 다리를 끌면서 먼지가 일었다. 뭐라 하지 않았는데 말들이 오른쪽으로 방향을 잡고 돌았다. 그가 다시 한 번 그녀를 꽉 껴안았다. 그녀는 어둠 속으로 사라졌다.

그다음 주가 되자 테오도르는 그녀에게서 만날 약속을

얻어 냈다.

그들은 안뜰의 구석, 담 뒤, 외딴 나무 아래에서 만나곤 했다. 그녀는 양갓집 규수들처럼 순진하지는 않았다. 동물들이 하는 것을 보고 알고 있었던 것이다. 그러나 이성과 정조에 대한 본능 덕분에 몸을 망치지 않고 자제할 수 있었다. 이 저항 때문에 더 자극되어 테오도르는 사랑을 만족시키기 위해(어쩌면 순진한 마음에서) 그녀에게 청혼했다. 그녀는 그의 말을 믿지 못하고 망설였다. 그가 여러 번 진지하게 맹세했다.

얼마 후에 그는 성가신 일이 생겼다고 털어놓았다. 작년에는 부모님이 자신을 위해 대리 복무자[4]를 구해 주었는데, 잘못하면 조만간 군대에 끌려갈 수도 있다는 것이었다. 군 복무를 해야 한다는 생각만으로도 그는 공포에 사로잡혔다. 소심성을 드러내는 이런 고백이 펠리시테에게는 애정의 표시로 여겨졌다. 이 때문에 그녀의 애정이 깊어졌다. 밤이 되면 그녀는 방을 빠져나왔다. 약속 장소에 도착하면 테오도르가 걱정거리를 털어놓으며 다시금 사랑을 간청하는 바람에 그녀는 고문받듯 힘들었다.

마침내 그가 직접 도청에 가서 알아보고 다음 일요일 밤 11시에서 자정 사이에 소식을 알려 주겠다고 말했다.

그 시각이 되자 그녀는 사랑하는 사람에게로 달려갔다.

테오도르 대신 그의 친구가 와 있었다.

다시는 그를 보지 못하리라고 친구가 그녀에게 알려 주었다. 테오도르가 징병을 면하려고 투크의 아주 부유한 노파 르

---

4 당시 프랑스에서는 군 복무 대상자를 제비뽑기로 선발했고 복무해야 할 젊은이는 돈을 주고 대리 복무자를 구할 수 있었다.

우세 부인과 결혼했다는 것이었다.

걷잡을 수 없는 슬픔이 밀어닥쳤다. 그녀는 땅에 쓰러져 고함을 지르며 하느님을 부르고, 동이 틀 때까지 벌판에서 혼자 신음하며 울었다. 그러고는 농장으로 돌아와 그만두겠다는 의사를 밝혔다. 월말에 임금을 받은 후 그녀는 보잘것없는 짐을 숄에 몽땅 싸 가지고 퐁레베크로 갔다.

여관 앞에서 챙이 넓은 미망인용 모자를 쓴 부인에게 그녀가 말을 걸었다. 때마침 그 부인은 요리할 사람을 찾고 있었다. 요리에 대해서는 별로 아는 게 없었지만, 무척 열성적이고 요구도 많지 않은 처녀 같아서 오뱅 부인은 마침내 얘기했다.

"좋아요, 함께합시다."

십오 분 뒤에 펠리시테는 부인의 집에 거주하게 되었다.

처음에 그녀는 '집안 특유의 스타일'과 모든 것 위에 떠도는 '주인어른'의 추억 때문에 일종의 두려움 속에서 살았다! 일곱 살짜리 폴과 겨우 네 살밖에 안 된 비르지니는 펠리시테가 보기에는 귀한 물질로 만들어진 것 같았다. 그녀는 말처럼 아이들을 등에 태우고 다녔다. 펠리시테가 틈만 나면 아이들에게 뽀뽀를 해서 오뱅 부인은 그녀를 말렸다. 그녀는 마음에 상처를 입었다. 그러나 만족스러웠다. 부드러운 환경 덕에 그녀의 슬픔도 녹아 없어졌다.

목요일마다 친한 사람들이 습관적으로 보스턴 카드놀이를 하러 들르곤 했다. 펠리시테는 미리 카드와 발난로를 준비해 두었다. 그들은 정각 8시에 와서 11시 종이 울리기 전에 돌아갔다.

월요일 아침이면 작은 길 아래에 사는 고물 장수가 땅바닥에 고물을 늘어놓았다. 이윽고 도시는 사람들이 웅성거리는 소리로 가득 찼다. 거기에 말들의 히힝 소리, 어린 양들이 떨며 우는 음매 소리, 돼지가 꿀꿀거리는 소리가 거리의 짐수레 소리와 뒤섞이곤 했다. 정오 무렵이면 시장 인파가 절정을 이루는 가운데, 매부리코에 키가 크고 챙 달린 모자를 뒤로 젖혀 쓴 늙은 농부가 현관에 모습을 드러냈다. 제포스의 소작인 로블랭이었다. 시간이 좀 지나면 투크의 소작인 리에바르가 나타났는데, 그는 키가 작고 혈색은 좋지만 지나치게 뚱뚱했으며 회색 재킷에 박차가 달린 각반 차림이었다.

둘 다 농장 주인에게 암탉과 치즈를 가져다주곤 했다. 그들이 교묘하게 속임수를 써도 펠레시테는 한결같이 알아채고 막아 냈다. 그들은 그녀를 높이 평가하며 돌아갔다.

부인의 삼촌 중 한 명인 그르망빌 공작은 정해진 때 없이 오뱅 부인을 방문하곤 했다. 그는 방탕한 생활을 하다 파산한 인물로 팔레즈에서 마지막으로 남은 얼마 안 되는 땅에서 나오는 수입에 의존해서 살았다. 그는 있는 대로 가구를 더럽히며 돌아다니는 끔찍한 푸들 한 마리를 데리고 언제나 점심시간에 나타났다. '선친께서'라고 말할 때마다 모자를 들어 올릴 정도로 신사연하려 애쓰다가도, 습관적으로 한 잔 또 한 잔 마시다 보면 외설적인 말들을 지껄였다. 펠리시테는 "이제 그만 드세요, 그르망빌 씨! 다음에 뵐게요."라고 예의를 갖춰 말하며, 그를 밖으로 떠밀었다. 그리고 문을 닫았다.

은퇴한 소송 대리인 부레에게는 기꺼이 문을 열어 주었다. 그의 흰 넥타이와 대머리, 셔츠의 가슴 장식, 품이 넉넉한 갈색 코트, 팔을 동그랗게 모으고 코담배 냄새를 맡는 방식, 그의 됨됨이 하나하나가 탁월한 사람 앞에서 느껴지는 혼란스러운 감정을 불러일으켰다.

부인의 소유지를 관리하는 까닭에 그는 여러 시간 동안 부인과 함께 주인어른의 서재에 틀어박혀 나오지 않았다. 부레는 평판이 나빠지지 않을까 항상 두려워했고, 사법관을 무한히 존중했으며, 라틴어를 구사하며 거드름을 피웠다.

아이들은 재미있게 가르쳐야 한다며 그가 복제 판화로 된 지리책을 선물했다. 거기에는 깃털 장식을 한 식인종들, 처녀를 납치하는 원숭이, 사막의 베두인들, 작살로 잡은 고래 등 세상에서 일어나는 다양한 광경이 있었다.

폴이 이 판화들을 펠리시테에게 설명해 주었다. 그녀가 문헌으로 받은 교육은 이것이 전부였다.

아이들의 교육은 기요가 맡았다. 그는 가난한 시청 직원으로 글씨를 잘 쓴다고 소문이 나 있었는데 장화에 대고 주머니칼을 갈곤 했다.

날씨가 화창하면 그 가족은 아침부터 일찌감치 제포스 농장으로 가곤 했다.

농가는 경사진 마당 한가운데에 있었다. 바다가 멀리 회색 얼룩처럼 보였다.

펠리시테는 얇게 썬 찬 고기를 바구니에서 꺼냈다. 사람들은 우유 보관소에 붙어 있는 방에서 점심 식사를 했다. 별장은 이제 사라지고 없고, 그 방만 유일하게 남아 있었다. 누더기가 된 벽지가 바람에 흔들거렸다. 오뱅 부인은 추억에 짓눌려 고개를 숙였다. 아이들은 감히 말을 꺼내지 못했다. 부인이 "나가 놀아라!"라고 말했다. 아이들이 도망치듯 뛰어나갔다.

폴은 광에 올라가거나 새들을 잡았고, 늪지에서 물수제비를 띄웠다. 커다란 목재 술통을 몽둥이로 두들기면 북처럼 소리가 울렸다.

비르지니는 토끼에게 먹이를 주고 수레국화를 꺾느라고 뛰어다녔다. 발을 재게 놀려서 레이스를 단 작은 속바지가 드러나 보였다.

어느 가을 저녁 그들은 목장들을 가로질러 돌아왔다.

상현달이 하늘 일부를 밝게 비추었다. 안개가 꾸불꾸불한 투크 강의 굴곡을 따라 스카프처럼 떠돌았다. 황소들은 풀밭 한가운데 누워 네 명이 지나가는 모습을 꼼짝 않고 지켜보았다. 세 번째 목장에서 몇 마리가 일어나더니 그들 앞으로 둥글게 모여들기 시작했다. "겁내지 마세요!" 펠리시테가 말했다. 달래듯 속삭이며 그녀가 가장 가까이 있는 황소의 등줄기를 쓰다듬었다. 그 소가 몸을 돌리자 다른 황소들도 그 녀석을 따라 몸을 돌렸다. 다음 목장을 가로지르는데, 무시무시한 소울음소리가 들려왔다. 안개에 가려 보이지 않던 황소 한 마리가 두 여인을 향해 다가왔다. 오뱅 부인이 달리려고 했다. "안 돼요! 안 돼요! 더 천천히 가세요!" 그러면서도 그녀들은 발걸음을 재촉했다. 뒤쪽에서 콧바람 소리가 점점 가까이 다가오는 게 들려왔다. 황소의 발굽이 망치처럼 초원의 풀들을 짓밟았다. 이제 황소가 전속력으로 달려왔다! 펠리시테가 몸을 돌려, 두 손으로 흙을 덩어리째 뽑아 황소의 눈에 던졌다. 황소는 콧방울을 숙이고 뿔을 흔들더니 극도로 화가 나서 몸을 떨며 큰 소리로 끔찍하게 울부짖었다. 오뱅 부인은 두 아이를 데리고 목장 끝에 있는 높은 울타리를 빠져나갈 방법을 필사적으로 찾았다. 펠리시테는 여전히 황소 앞에서 뒷걸음질하며 잔디를 흙째 뽑아 던지면서 황소가 눈을 못 뜨게 했다. 그러면서 고함을 질렀다. "서두르세요! 서두르세요!"

오뱅 부인은 도랑을 내려가 먼저 비르지니를, 이어 폴을

밀어 올리고 몇 번을 넘어지면서도 힘겹게 급경사면을 기어 올라서 있는 힘을 다해 겨우 빠져나왔다.

황소는 펠리시테를 울타리까지 밀어붙였다. 황소의 침이 그녀의 얼굴에 튀었다. 일 초만 더 늦었더라면 황소가 그녀의 배를 갈라놓았으리라. 그녀는 말뚝 사이로 겨우 빠져나올 수 있었다. 그 커다란 짐승은 깜짝 놀란 듯 멈춰 섰다.

이 사건은 퐁레베크에서 여러 해에 걸쳐 회자되었다. 그러나 펠리시테는 잘난 척하지도 않았고 자신이 영웅적인 일을 했다는 생각조차 하지 않았다.

펠리시테의 관심은 비르지니에게 쏠려 있었다. 얼마나 겁에 질렸던지 비르지니가 신경 질환에 걸린 것이다. 의사 푸파르가 트루빌로 해수욕을 하러 가라고 권했다.

그 시절에 해수욕장은 사람들이 자주 가는 곳이 아니었다. 오뱅 부인은 여기저기 물어보고 부레에게 조언을 구한 다음 장거리 여행 가듯 준비물을 챙겼다.

짐 꾸러미는 그 전날 리에바르의 수레에 실어 보냈다. 그 다음 날 그가 말 두 마리를 끌고 나타났다. 한 마리에는 벨벳 등받이가 달린 여성용 안장이 놓여 있었다. 다른 말 엉덩이에는 외투를 둘둘 말아 만든 자리가 달려 있었다. 오뱅 부인이 리에바르 뒤에 있는 두 번째 말을 탔다. 펠리시테가 비르지니를 돌보았고, 폴은 잘 돌보겠노라 약속하고 빌린 르샵투아의 당나귀를 탔다.

길이 너무 안 좋아서 8킬로미터밖에 안 되는 거리인데도 두 시간이 걸렸다. 진흙에 발목까지 빠지자 말은 진흙에서 빠져나오려고 느닷없이 엉덩이를 흔들었다. 마차 바큇자국에 걸리기도 했고 어떤 때에는 말들이 펄쩍 뛰어 건너야

했다. 어떤 곳에서는 리에바르의 암말이 갑자기 멈추어 섰다. 리에바르는 말이 다시 움직이기를 꾹 참고 기다렸다. 그는 집이 길가에 붙어 있는 사람들을 품평하면서 도덕적인 견해를 덧붙이곤 했다. 그런 식으로 투크 한가운데에서 한련(투蓮)이 삥 둘러 피어 있는 창문들 아래를 지날 때, 어깨를 으쓱하며 말했다. "여기 르우세 부인은 젊은 사람을 붙잡기는커녕……" 펠리시테에게는 다음 이야기가 들리지 않았다. 말이 종종걸음을 치고 당나귀가 전속력으로 달렸다. 모두 오솔길로 들어섰고, 울타리 문이 돌며 열리고, 소년 둘이 나타났다. 그들은 현관 입구의 두엄 더미 앞에 이르러 말에서 내렸다.

리에바르 할멈은 여주인을 보자 아낌없이 기쁨을 드러냈다. 그녀는 점심을 대접했는데, 소고기 등심, 내장 요리, 순대, 닭고기 스튜, 탄산 사과주, 과일 타르트, 브랜디에 절인 자두가 나왔다. 이 모든 것에 친절한 말을 덧붙여, 부인에게는 건강이 나아 보인다고 하고, 아가씨에게는 훌륭하게 자랐다고, 폴에게는 대단히 튼튼해졌다고 말했다. 그리고 그들이 알고 있는 이미 고인이 된 선조에 대해서도 잊지 않고 언급했다. 리에바르 가족은 몇 세대에 걸쳐 이 집안에 봉사했던 것이다. 그들처럼 농장도 오래된 티가 났다. 천장 대들보는 벌레 먹었고, 벽은 연기로 검게 그을었으며 창유리는 먼지가 끼어 뿌옇게 보였다. 떡갈나무 찬장에는 손잡이 달린 물병, 접시, 주석 그릇, 늑대 덫, 양털 깎는 큰 가위 등 온갖 물건이 다 들어 있었다. 거대한 관장기를 보고 아이들이 웃음을 터뜨렸다. 마당이 세 곳 있었는데, 그곳에 있는 나무마다 아래쪽에는 빠짐없이 버섯이 자랐고, 잔가지에는 겨우살이가 뭉치를 이루었다. 바람 때문에 여러 나무가 부러져 쓰러져 있었다. 중간에 다시 자라는 가지들도 있었고 가지마다 사과가 주렁주렁 열이 휘어져 있기도 했다. 갈색 벨벳같이 생긴 초가지붕은 두께가 가지런하지는 않았지만, 몹시 강한 돌풍도 견뎌 냈다. 그런데 짐수레 창고는 허물어져 있었다. 오뱅 부인은 생각해 보겠다고 하고는 말에다 다시 마구를 달라고 지시했다.

트루빌에 도착하는 데 삼십 분이 더 소요되었다. 이 작은 여행자 무리는 툭 튀어나와 밑에 있는 배들을 굽어보는 절벽에코르를 지나가기 위해 말에서 내렸다. 삼 분 뒤에 다비드 할멈이 운영하는 부두 끝 여관 아뇨도르의 안뜰에 들어섰다.

분위기를 바꾸고 해수욕을 한 덕분에 며칠밖에 안 지났는데도 비르지니는 더 건강해 보였다. 그 애는 수영복이 없어서 속치마 차림으로 해수욕을 했다. 해수욕객들이 탈의실로 쓰는 세관용 오두막에서 하녀가 비르지니의 옷을 갈아입혔다.

오후가 되면 그들은 당나귀를 끌고 로슈누아르 너머, 엔크빌 쪽으로 가곤 했다. 공원 잔디밭같이 기복이 심한 땅 사이로 난 오솔길을 오르면 목초지와 경작지가 번갈아 나오는 고원에 이르렀다. 길가에서 뒤죽박죽으로 자라는 가시덤불 안에 호랑가시나무가 여러 그루 우뚝 솟아 있었다. 여기저기에서 커다란 고목 가지가 푸른 하늘을 지그재그로 가로질렀다.

그들은 거의 언제나 왼쪽에는 도빌, 오른쪽에는 르아브르, 정면에는 광활한 바다가 보이는 조그만 풀밭에서 휴식을 취했다. 바다는 해를 받아 빛나고 거울처럼 매끄러웠으며, 얼마나 잔잔한지 파도 소리가 거의 들리지 않았다. 눈에 보이지는 않지만 참새가 쩍쩍거렸고 거대한 궁륭 같은 하늘이 이 모든 것을 덮고 있었다. 오뱅 부인은 앉아서 뜨개질을 했고 비르지니는 곁에서 골풀을 엮었다. 펠리시테는 라벤더꽃 주위의 잡초를 뽑았고, 폴은 지겨워하며 돌아가자고 했다.

때때로 배를 타고 투크 강을 건너 조개를 주우러 가기도 했다. 썰물이 되면 성게, 가리비, 해파리가 드러났다. 아이들은 바람에 날리는 거품을 잡으려고 달려갔다. 밀려온 파도는 모래 위에서 부서지면서 잔잔해졌다. 파도는 모래사장을 따라 펼쳐졌다. 모래사장은 한없이 이어졌지만, 땅 쪽으로는 모래사장 끝에 사구가 있었다. 사구를 사이에 두고 모래사장은 경마장처럼 생긴 넓은 초원인 마레와 분리되어 있었다. 그들이 마레를 통해 돌아올 때면, 작은 언덕 아래에 있는 트루빌은 걸어갈 때마다 순간순간 크게 보였고, 삐죽삐죽한 트루빌의 집들은 활기찬 무질서 속에서 활짝 꽃을 피우는 것 같았다.

날이 너무 더우면 그들은 방 밖으로 나가지 않았다. 밖의 눈부신 광채는 덧창의 살 틈으로 빛 막대를 드리웠다. 마을에서는 소리 하나 들리지 않았다. 아래쪽 인도에도 사람 한 명 보이지 않았다. 침묵이 사방으로 퍼지면서 평온이 고조되었다. 멀리서 배의 밑바닥을 두드려 널빤지 틈을 메우는 망치 소리가 들려왔다. 텁텁한 바람에는 타르 냄새가 실려 왔다.

배들이 돌아오는 풍경이 제일 신나는 구경거리였다. 배들은 항로 표지등을 지나자마자 바람이 부는 쪽으로 지그재그로 항해했다. 돛을 돛대에서 삼분의 이까지 내리고 앞 돛을 공처럼 부풀린 배들은 찰싹거리는 파도를 타고 항구 중간까지 미끄러지듯 나아가다가 갑자기 닻을 던졌다. 그런 다음 부두에 정박했다. 어부들이 뱃전 너머로 펄쩍펄쩍 뛰는 생선을 던졌다. 수레들이 줄지어 기다리고 머릿수건을 쓴 여자들이 뛰어나와 바구니를 받거나 집안 남자들을 껴안았다.

어느 날 그 여자들 중 한 명이 펠리시테에게 다가왔다. 펠리시테는 잠시 뒤에 아주 기뻐하며 방에 들어섰다. 언니를 되찾은 것이다. 르루의 아내 나스타지 바레트가 가슴에는 갓난아이를 안고, 오른손으로는 다른 아이를 안고 나타났다. 왼쪽에는 두 주먹을 허리에 대고 귀 위로 베레모를 걸친 자그마한 소년 수습 선원이 있었다.

십오 분 후에 오뱅 부인이 바레트를 내쫓듯이 돌려보냈다.

부엌 근처에서나 산책할 때면 언제나 이들을 만날 수 있었다. 남편의 모습은 보이지 않았다.

펠리시테는 이들에게 애정을 느꼈다. 이들에게 이불과 내복, 화덕을 사 줬다. 이들이 그녀를 이용해 먹는 게 분명했다. 그런 약한 모습에 오뱅 부인은 짜증이 났다. 게다가 펠리시테의 조카가 지나치게 허물없이 구는 것도 맘에 들지 않았다. 그 애가 자기 아들에게 말을 놓았던 것이다. 비르지니가 기침을 하고 계절도 끝났기 때문에 부인은 퐁레베크로 돌아갔다.

중학교를 선택하는 데 부레가 조언해 주었다. 캉의 중학교가 최고로 통하고 있다고 했다. 폴은 그곳으로 보내졌다. 폴은 기숙 학교에 가서 친구들을 사귈 생각에 기분이 들떠서 씩씩하게 작별 인사를 했다.

오뱅 부인은 아들이 떠나는 것을 참고 받아들였다. 그럴 수밖에 없었던 것이다. 비르지니도 오빠를 생각하는 일이 조금씩 줄어들었다. 펠리시테는 폴이 떠들썩하게 소란 피우던 일이 그리웠다. 그러나 다른 일이 생겨 그녀의 기분이 풀어졌다. 크리스마스 날부터 매일같이 아가씨를 예비자 교리반에 데려가게 되었던 것이다.

3

문에서 무릎을 꿇은 다음, 그녀는 천장이 높은 중앙 홀에 두 줄로 늘어선 의자들 사이를 걸어가서 오뱅 부인의 지정석을 열고 앉아 주변을 둘러보았다.

오른쪽에는 소년들이, 왼쪽에는 소녀들이 성가대석을 채웠다. 사제는 악보대 옆에 서 있었다. 성당 안쪽의 스테인드글라스에서는 성령이 성처녀를 굽어보았고 또 다른 스테인드글라스에서는 성령이 아기 예수 앞에서 무릎을 꿇고 있었다. 감실 뒤에는 대천사 미카엘이 용을 쓰러뜨리는 장면이 나무로 조각되어 있었다.

사제가 우선 『구약 성경』에 적힌 이야기를 간단히 요약해 주었다. 천국과 대홍수, 바벨탑, 불길에 타오르는 도시들, 죽어 가는 사람들, 쓰러진 우상들이 그녀 눈에 선했다. 이 경이로운 체험으로 그녀는 하느님에 대한 존경심과 하느님의 분노에 대한 두려움을 간직했다. 그녀는 예수님이 당하신 수난의 말씀을 듣고 눈물을 흘렸다. 왜 사람들은 아이들을 소중히 여기고 군중을 배불리 먹이며 눈먼 이를 치유하고 가난한 자가운데에서 태어나기를 겸허하게 원하시어 마구간의 두엄 더미 위에서 태어나신 그분을 십자가에 매달았을까? 씨뿌리기, 수확, 포도주 만들기 등 『성경』에서 이야기되는 이 모든 친근한 것들은 자신의 삶에도 있었다. 신이 지나감으로써 이것들이 성스러워진 것이다. 그녀는 하느님의 어린양 때문에 양들을, 성령 때문에 비둘기들을 더욱 애정을 담아 사랑했다.

그녀는 성령을 인격으로 상상하는 데 어려움을 느꼈다. 성령은 새일 뿐 아니라 불이기도 했고, 또 다른 경우에는 숨결이기도 했던 것이다. 밤에 늪지 가장자리에서 이리저리 날아다니는 것이 성령의 불빛이고, 구름을 흘러가도록 미는 것이 성령의 입김이며, 종소리를 조화롭게 만드는 것이 성령의 목소리인지도 몰랐다. 그녀는 성당의 서늘한 벽과 평온을 즐기며 하느님을 경배하는 마음을 간직했다.

교리에 대해서는 아무것도 이해하지 못했고 이해하려는 노력조차 하지 않았다. 사제가 강론하고 아이들이 암송하면 그녀는 잠들고 말았다. 아이들이 돌아가면서 대리석 바닥에 나막신 부딪히는 소리를 내면 그제서야 깜짝 놀라 잠에서 깨어났다.

청소년기에 종교 교육을 등한시했던 터라, 그녀는 이런 식으로, 교리 문답을 어깨너머로 들으며 배우게 되었다. 그때부터 그녀는 비르지니가 하는 모든 의식을 따라 했다. 비르지니를 따라 단식하고 그 애와 함께 고해 성사를 했다. 성체 축일에는 함께 제단을 꾸몄다.

첫 번째 성체 배령일이 되자 그녀는 미리부터 고민하며 불안에 떨었다. 신발 때문에 묵주 때문에 책 때문에 장갑 때문에 그녀는 호들갑을 떨었다. 비르지니의 엄마가 아이에게 옷을 입힐 때 펠리시테가 얼마나 몸을 떨며 도와주었던지!

미사를 드리는 동안에도 그녀는 안절부절 어쩔 줄을 몰랐다. 부레 때문에 성가대석의 한쪽이 가려서 보이지 않았다. 그러나 바로 앞에 있는, 미사보를 내려쓰고 그 위로 흰 화관을 쓴 순결한 여자아이들 무리는 눈 덮인 들판처럼 보였다. 그녀는 사랑스러운 아이를 멀리서 알아볼 수 있었다. 목덜미도 귀엽고 태도도 얌전했다. 종이 울렸다. 모두 머리를 숙였다. 잠시 침묵이 이어졌다. 오르간 소리가 울려 퍼지는 가운데 성가대와 신자들이 "하느님의 어린양"으로 시작하는 기도문을 읊조렸다. 그런 다음 소년들이 행진하기 시작했다. 소년들에 이어 소녀들이 일어났다. 소녀들은 손을 모으고 환하게 불 밝힌 제단을 향해 한 걸음씩 나아갔다. 첫 번째 계단에서 무릎을 꿇고 차례로 성체를 받아 모신 다음 같은 순서로 자기 기도대로 돌아왔다. 비르지니의 차례가 되자 펠리시테는 그 애를 보려고 몸을 기울였다. 진정한 애정에서 나오는 상상력 덕분에 그녀 자신이 비르지니가 된 것 같았다. 그 아이의 얼굴이 자기 얼굴이었으며, 아이의 옷을 자신이 입었고, 아이의 심장이 자기 가슴에서 뛰었다. 비르지니가 입을 벌리는 순간, 그녀는 눈을 감으며 하마터면 정신을 잃을 뻔했다.

신부님에게 성체를 받기 위해서 그다음 날 아침 일찍 그녀가 제의실에 나타났다. 그녀는 성체를 경건하게 받아들였지만, 어제와 같은 열락을 맛보지는 못했다.

오뱅 부인은 자기 딸이 완벽한 사람이 되기를 원했다. 기요가 영어와 음악을 가르칠 능력이 안 되어서 그녀는 딸을 옹플뢰르에 있는 성녀 우르술라 수녀원[5]의 기숙사에 보내기로 마음먹었다.

아이는 전혀 반항하지 않았다. 펠리시테는 부인이 냉정하게 느껴져 한숨을 쉬었다. 그러고는 어쩌면 주인마님이 옳을지도 모른다고 생각했다. 그런 것들은 자신의 능력을 넘어서는 일이었다.

결국 어느 날 낡은 마차 한 대가 문 앞에 멈춰 섰다. 아가씨를 데리러 온 수녀가 마차에서 내렸다. 펠리시테는 마차 지붕 위로 가방들을 올렸다. 마부에게 여러 가지 부탁을 한 다음, 함에 제비꽃[6]과 함께 잼 여섯 단지, 배 열두 개를 넣었다.

비르지니는 마지막 순간에 갑자기 울음을 터뜨리며 엄마를 껴안았다. 엄마는 딸의 이마에 입을 맞추며 되뇌었다. "자! 힘을 내야지! 힘내!" 발판이 올라가고 마차가 출발했다.

마차가 떠나자 오뱅 부인은 울적해졌다. 그날 저녁 그녀의 모든 친구들, 로르모 부부, 르샵투아 부인, 로슈푀유 자매, 읍빌과 부레가 자리를 함께하며 그녀를 위로해 주었다.

딸의 부재 때문에 그녀는 처음에는 아주 고통스러웠다. 그러나 일주일에 세 번 딸의 편지를 받았고 나머지 나날은 편지를 쓰고 정원에서 산책하며 책을 약간 읽는 식으로 텅 빈 시간을 메웠다.

아침이면 펠리시테는 습관적으로 비르지니의 방에 들어가 벽을 바라보았다. 더 이상 비르지니의 머리를 빗기거나 신발 끈을 묶어 줄 필요가 없고, 아이가 침대에 누워 있을 때 침

5   우르술라 수녀회는 1535년 성 안젤라 메리치가 이탈리아 브레시아에 세운 수도회로 소녀 교육에 헌신하는 교육 기관이다.
6   기독교도들은 장미, 백합과 함께 제비꽃을 성모님께 바쳤는데, 장미는 아름다움, 백합은 위엄, 제비꽃은 성실과 겸손을 나타낸다. 제비꽃의 꽃말은 순진무구한 사랑으로 알려져 있다.

대보를 정리할 필요도 없다니 괴로웠다. 또 그 애의 귀여운 얼굴을 계속해서 보지 못하고, 함께 손잡고 외출하지 못해 유감이었다. 무료함을 달래려고 레이스를 만들어 봤지만 손가락이 무뎌서 실만 끊어 먹었다. 무슨 말도 귀에 들어오지 않았고, 잠도 오지 않았다. 그녀의 표현에 따르면 "좀먹어 들어갔다."

'기분 전환'을 하려고, 그녀는 조카 빅토르가 자기를 방문하게 해 달라고 허락을 구했다.

빅토르는 일요일 미사가 끝나면 분홍색으로 뺨을 물들이고 가슴을 풀어헤친 채, 자신이 지나온 들판 냄새를 풍기며 도착했다. 그녀는 곧바로 식사 준비를 했다. 그들은 서로 마주보며 점심 식사를 했다. 지출을 줄이려고 펠리시테 자신은 가능한 한 조금 먹으면서도 조카를 얼마나 배불리 먹였던지 빅토르는 잠이 들고 말았다. 첫 번째 저녁 미사 종이 울리면 그녀는 그를 깨우고, 바지에 솔질을 하고 넥타이를 매어 주고, 어머니가 된 듯 뽐내며 그의 팔에 기대어 성당으로 향했다.

그의 부모는 언제나 흑설탕 한 통, 비누, 브랜디 같은 것들, 가끔은 심지어 돈까지 얻어 오라고 시켰다. 수선해야 할 허접한 옷들을 빅토르가 가져오기도 했다. 그가 옷을 받으러 다시 올 것을 기뻐하며 그녀는 그 귀찮은 일을 떠맡았다.

8월이 되자 그의 아버지가 그를 연안 항해에 데리고 갔다.

그때는 방학 기간이었다. 아이들이 돌아온 것이 펠리시테에게는 위로가 되었다. 그러나 폴은 변덕스러워졌고 비르지니는 더 이상 말을 놓을 수 있는 나이가 아니었다. 그래서 그들 사이가 거북해지고 장벽이 생겼다.

빅토르는 모를레에 이어 연달아 됭케르크, 브라이턴으로 항해를 떠났다. 돌아올 때마다 그녀에게 선물을 줬는데, 처음에는 조개로 만든 상자였고, 두 번째는 커피잔, 세 번째는 커다란 인형 모양의 진저쿠키였다. 그는 멋있어졌고 체격도 잘 잡히고 콧수염도 좀 길렀으며 눈은 맑고 선했다. 또 항해사처럼 조그만 가죽 모자를 뒤쪽으로 넘겨 쓰고 있었다. 그가 선원들의 용어를 섞어 가며 항해 이야기를 들려줌으로써 그녀를 즐겁게 해 주었다.

1819년 7월 14일 월요일(그녀는 그 날짜를 잊지 못했다.) 빅토르는 장거리 항해 자리를 얻어 다음다음 날 밤에 여객선 편으로 옹플뢰르를 출발하여 머지않아 르아브르에서 범선을 타고 출항할 예정이라고 알렸다. 어쩌면 이 년 동안 떠나 있을지도 몰랐다.

그가 그렇게 오랫동안 자리를 비울 거라고 생각하니 펠리시테는 마음이 아팠다. 다시 한 번 작별 인사를 하려고, 수요일 저녁에 부인이 저녁 식사를 마치자 펠리시테는 나막신을 신고 퐁레베크에서 옹플뢰르까지 16킬로미터나 되는 거리를 단숨에 달려갔다.

예수 수난 군상 앞에 이르렀을 때 왼쪽으로 가야 하는 것을 오른쪽으로 가는 바람에 그녀는 작업장에서 길을 잃고 되돌아왔다. 주변 사람들에게 물어보니 서두르라고 했다. 그녀는 배로 가득 찬 선거를 한 바퀴 돌다가 여러 번 밧줄에 걸려 넘어졌다. 땅이 푹 꺼지는 듯하더니 불빛이 이리저리 흔들리고, 말들이 하늘에서 보였다. 자신이 미친 건가 싶었다.

부둣가에서 말들이 바다를 보고 겁에 질려 히힝거리며 울었다. 기중기가 말들을 들어 배에 내려놓았다. 배에서는 여행객들이 커다란 사과주 통, 치즈 바구니, 곡물 자루 사이에서 서로 밀치고 부딪혔다. 닭들이 우는 소리가 들렸고 선장은 욕을 퍼부었다. 수습 선원 한 명이 이런 것에 전혀 신경 쓰지 않고 철책에 팔꿈치를 괴고 기대어 서 있었다. 펠리시테는 그를 알아보지 못하고 계속 크게 소리쳐 불렀다. "빅토르!" 그가 고개를 들었다. 그녀가 앞으로 달려가려는데, 갑자기 사다리가 걷혔다.

여자들이 노래를 부르며 밧줄을 끌어당기는 동안 여객선은 항구를 빠져나갔다. 선체는 삐걱대고 파도가 세차게 몰아쳐 뱃머리를 때렸다. 돛의 방향이 바뀌자 사람은 더 이상 보이지 않았다. 바다는 달빛을 받아서 은빛으로 반짝였다. 배는 검은 반점처럼 보이다가 계속해서 희미해지더니 수평선 너머로 사라졌다.

펠리시테는 예수 수난 군상 근처를 지나며 하느님께 자신에게 가장 소중한 사람을 돌봐 달라고 부탁하고 싶었다. 눈물 젖은 얼굴로 구름을 바라보며 그녀는 오랫동안 선 채로 기도를 드렸다. 도시는 잠들었고 세관원들이 돌아다녔다. 수문 구멍으로 물이 콸콸 소리를 내며 계속 흘러내렸다. 2시를 알리는 종이 울렸다.

수도원의 면회실은 날이 새기 전에는 열리지 않을 거야. 늦으면 부인이 틀림없이 언짢아하시겠지. 비르지니를 안아 보고 싶었지만 그녀는 집으로 돌아왔다. 그녀가 퐁레베크에 들어왔을 때 여관에서 일하는 여자들이 깨어나고 있었다.

몇 달 동안 그 불쌍한 어린애는 파도 위에서 흔들리며 가겠지! 이전 여행들은 불안하지 않았어! 영국과 브르타뉴에서는 돌아왔으니까. 하지만 미국과 식민지들, 섬들은 어디에 있는지도 분명치 않은 외진 곳이야. 이 세상 다른 쪽 끝에 있잖아.

그때부터 펠리시테는 오직 조카 생각만 했다. 해가 내리 쬐는 화창한 날이면 그녀는 갈증으로 괴로웠고, 폭풍우가 들이치는 날이면 조카 때문에 천둥을 두려워했다. 바람이 굴뚝에서 요란하게 윙윙대면서 지붕 타일을 날리면, 온몸을 뒤로 젖힌 조카가 부러진 돛 꼭대기에서 똑같은 폭풍우에 후려 맞고 식탁보처럼 펼쳐진 파도 거품 아래로 가라앉는 모습이 그녀에게 보였다. 또는 복제 판화로 본 지리학의 기억 때문에, 미개인들이 그를 잡아먹고 그가 숲에서 원숭이들한테 사로잡히거나 황량한 해변에서 죽어 갔다. 그러나 그녀는 자기 걱정거리를 결코 입 밖에 내지 않았다.

오뱅 부인도 딸 걱정이 많았다.

수녀들 말로는 비르지니는 다정한 아이지만 예민했다. 조금만 일에도 금방 감정이 격해졌다. 피아노도 포기해야 했다.

그 애의 어머니가 강력히 요청해서 수도원으로부터 정기적으로 편지를 받았다. 어느 날 아침 우편배달부가 오지 않자 그녀는 불안해졌다. 그녀는 소파에서 창문까지, 방에서 왔다 갔다 했다. 정말 이상한 일이야! 나흘 동안 소식이 없다니 말야!

나름대로 부인을 위로해 주려고 펠리시테가 얘기했다.

"마님, 전 벌써 육 개월이나 소식을 받지 못한걸요!"

"그러니까 누구한테서 말이니?"

하녀가 공손히 대답했다.

"음…… 조카한테서요!"

"아! 조카라고!"

어깨를 으쓱하며 오뱅 부인이 다시 왔다 갔다 하기 시작했다. "난 그런 건 생각하지도 않아! ……게다가 관심도 없고! 수습 선원에 가난뱅이니 꼴좋군! ……하지만 내 딸은…… 생각 좀 해 보라고!"라고 말하는 것 같았다.

　혹독한 환경에서 자라긴 했지만, 펠리시테는 부인에게 화가 났다. 그러다가 잊고 말았다.

　비르지니와 관련된 경우에는 이렇게 분별력을 잃는 것도 펠리시테에게는 당연한 듯 여겨졌다.

　두 아이는 똑같이 중요했다. 그녀의 마음속에서 어떤 끈이 두 아이를 연결했다. 그들의 운명은 똑같을 것 같았다.

　빅토르의 배가 아바나에 도착했다고 약사가 펠리시테에게 알려 주었다. 이 소식을 지방 신문에서 읽었다는 것이다.

　시가로 유명한 아바나를 그녀는 다른 것은 아무것도 고려하지 않고 담배만 피우는 고장이라고 상상했다. 빅토르는 담배 연기가 가득한 가운데 흑인들 사이를 돌아다니고 있었다. "필요한 경우" 그곳에서 육로로 돌아올 수 있을까? 그곳은 퐁레베크에서 얼마나 떨어져 있을까? 이걸 알아보려고 그녀는 부레에게 물어보았다.

　그는 지도책을 집어 들고 경도에 대해 설명하기 시작했다. 펠리시테가 어리둥절해하자 그는 멋진 미소를 지으며 유식한 체했다. 마침내 들쭉날쭉한 타원형에 보이지도 않는 검은 점 하나를 연필꽂이로 가리키며 그가 말했다. "여기라네." 그녀는 지도에 몸을 기울였다. 가로세로로 색칠되어 그물망을 이룬 선들은 아무것도 알려 주지 않고 눈만 아프게 했다. 부레가 그녀에게 분명치 않은 게 있으면 물어보라고 하자, 그녀는 빅토르가 머무는 집을 보여 달라고 부탁했다. 부레는 두 팔을 들고 재채기를 하며 엄청나게 웃어 댔다. 이런 순박한 모습에 그는 기분이 좋아졌다. 펠리시테는 그가 웃는 이유를 알 수 없었다. 그녀는 조카의 얼굴까지 볼 수 있지 않을까 기대했던 것이다! 그만큼 그녀의 지능은 제한적이었다.

이 주가 지났을 때, 늘 그랬듯이 장이 열리는 시간에 맞춰 리에바르가 부엌으로 들어와서는 형부가 보낸 편지를 펠리시테에게 전해 주었다. 둘 다 글을 몰랐기 때문에 그녀는 마님에게 도움을 청했다.

오뱅 부인은 뜨개코를 세다가 옆에 내려놓고 편지를 개봉하고는 몸을 떨었다. 그러고는 속 깊은 눈길로 바라보며 낮은 목소리로 말했다.

"불행을…… 알리는 편지야. 조카가……"

그가 죽었다. 다른 소식은 없었다.

펠리시테는 의자에 털썩 주저앉아 머리를 칸막이벽에 기대고 눈을 감았다. 갑자기 눈시울이 붉어졌다. 그녀는 고개를 숙이고, 손을 늘어뜨린 채 멍하니 바라보며, 이따금 되풀이해서 말했다.

"불쌍한 녀석! 불쌍한 녀석!"

리에바르는 한숨을 내쉬며 그녀를 바라보았다. 오뱅 부인의 몸이 약간 떨렸다.

부인이 그녀에게 트루빌에 가서 언니를 만나 보는 게 좋지 않겠느냐고 권했다.

펠리시테는 몸짓으로 그럴 필요는 없다고 대답했다.

침묵이 흘렀다. 리에바르 영감은 떠나는 게 좋겠다고 생각했다.

그때 펠리시테가 말했다.

"그들은 상관도 안 해요, 그들 말이에요!"

그녀가 다시 머리를 숙였다. 때때로 그녀는 일감이 놓인 탁자에서 아무 생각 없이 긴 바늘을 집어 들었다.

여자들이 안뜰을 지나갔는데 바구니에 든 세탁물에서 물방울이 뚝뚝 떨어졌다.

유리창을 통해 그 모습을 보니 자기 빨랫감이 떠올랐다. 어제 세제를 묻혀 놓았으니 오늘은 헹궈야 했다. 그녀는 건물 밖으로 나갔다.

그녀의 빨래판과 물통은 투크 강가에 있었다. 그녀는 강둑에 셔츠를 무더기로 쏟아붓고는 소매를 걷어붙이고 빨랫방망이를 집어 들었다. 그녀가 빨래를 강하게 내리치는 소리가 다른 집 정원에서도 들렸다. 목장은 비어 있고, 바람이 불어 강물이 일렁였다. 안쪽에 있는 키 큰 풀들이 강 쪽으로 기울어져 마치 물속에 떠다니는 시체의 머리카락처럼 보였다. 그녀는 아픈 마음을 꾹 누르고 저녁까지 버텨 냈다. 그러나 방에 들어오자 더 이상 참을 수 없어 침대 요 위에 엎드린 채 베개에 얼굴을 파묻고 두 주먹을 관자놀이에 갖다 댔다.

오랜 시간이 흘러, 빅토르의 선장으로부터 조카의 죽음을 둘러싼 정황을 직접 전해 들을 수 있었다. 황열병에 걸려 병원에서 사혈을 했는데 피를 너무 많이 뽑았다는 것이다. 의사 네 명이 동시에 달려들었지만, 그는 곧 죽고 말았다. 책임자는 말했었다.

"이런! 또 한 명 죽었네!"

그 애의 부모는 그 애를 항상 거칠게 다뤘었다. 그녀는 그들을 보지 않는 편이 좋았다. 잊어서인지 가난한 사람들의 무심한 마음 때문인지, 그들도 전혀 접근해 오지 않았다.

비르지니는 점점 몸이 약해졌다.

숨이 막히고 기침이 나오고 항상 열이 있고 광대뼈 부위에 푸른 반점이 생겼는데 증상으로 보아 병세가 심각했다. 푸파르는 프로방스에 가서 요양하라고 권했나. 오뱅 부인은 그러기로 마음을 굳혔다. 퐁레베크의 기후만 아니었으면 즉시 딸을 집으로 데려왔을 것이다.

그녀는 마차 임대업자와 일정을 조정하여 매주 화요일에 수도원을 찾았다. 정원 테라스에서는 센 강이 보였다. 비르지니는 어머니의 손에 기대어 포도나무 낙엽을 밟으며 테라스에서 산책했다. 이따금 멀리 있는 돛단배와 탕카르빌 성에서부터 르아브르의 등대에 이르기까지 수평선을 죽 둘러보는데 해가 구름을 뚫고 비치면 그녀는 눈을 깜박거렸다. 그러고는 정자 아래에서 휴식을 취하곤 했다. 그녀의 어머니는 말라가산(産) 고급 포도주를 작은 통으로 하나 구해 왔다. 취해 볼까 생각하며 웃음을 터뜨리면서 부인은 포도주를 두 모금쯤 마셨다. 그 이상은 마시지 않았다.

비르지니가 기력을 되찾았다. 가을이 천천히 지나갔다. 펠리시테는 오뱅 부인을 안심시켰다. 그런데 어느 날 저녁 그녀가 근처로 장을 보러 갔다 돌아오니 문 앞에 푸파르의 이륜마차가 보였다. 그는 현관에 있었다. 오뱅 부인이 모자 끈을 묶고 있었다.

"발난로하고 지갑 좀. 장갑도. 서둘러 줘!"

비르지니가 폐렴에 걸렸다. 절망적일 수도 있었다.

"아직 그 정도는 아닙니다!" 의사가 말했다. 눈발이 날리는 가운데 둘이 마차를 탔다. 곧 어두워지려고 했다. 날이 매우 추웠다.

펠리시테는 서둘러 성당으로 뛰어가 촛불을 밝혔다. 그리고 이륜마차의 뒤를 쫓아 달려갔다. 한 시간 뒤에 이륜마차를 따라잡아 마차 뒤쪽으로 가볍게 뛰어 올라탔다. 마차에서 끈을 잡고 앉아 있는데 갑자기 생각이 떠올랐다. '안뜰 문을 안 잠갔어! 도둑이 들어오면 어떡하지?' 그녀는 뛰어내렸다.

그다음 날 그녀는 새벽부터 의사를 찾았다. 의사는 돌아온 후 금방 시골로 왕진 가고 없었다. 누군가 편지를 전해 주겠지 생각하고 그녀는 여관에서 기다렸다. 마침내 아침 일찍 그녀는 리지외로 가는 합승 마차를 탔다.

수도원은 가파른 작은 골목 끝에 있었다. 길 중간에 이르렀을 때, 그녀는 이상한 소리, 임종을 알리는 조종(弔鐘) 소리를 들었다. '다른 사람이 죽은 걸 거야!' 그녀는 생각했다. 펠리시테는 현관 문고리를 세게 두드렸다.

몇 분이 지나고 신발 끄는 소리가 나더니 문이 반쯤 열리며 수녀가 모습을 드러냈다.

수녀가 아주 슬픈 표정을 지으며 말했다. "막 임종했어요." 동시에 성 레오나르[7]의 조종이 다시 울렸다.

펠리시테는 3층으로 올라갔다.

방문턱을 넘자마자 손을 모으고 입을 벌린 채 똑바로 누워 있는 비르지니 모습이 눈에 띄었다. 움직이지 않는 커튼 사이로 검은 십자가가 비르지니 쪽으로 기울어져 있고, 그 밑으로 머리가 뒤로 젖혀진 채 놓여 있었다. 그녀의 얼굴은 커튼보다 창백해 보였다. 오뱅 부인은 침대 아랫부분을 팔로 붙잡고 고통스럽게 흐느끼고 있었다. 수도원장은 오른쪽에 서 있었다. 서랍장 위에 놓인 촛대 세 개가 붉은색 불빛을 퍼뜨렸고 안개가 차오르면서 창문이 희끄무레해졌다. 수녀들이 오뱅

---

7 중세 프랑스의 성인으로, 모든 억압의 해방자이며 약자, 병자, 외로운 자, 버림받은 자의 친구, 태어날 아기를 기다리는 어머니의 보호자로 알려져 있다.

부인을 데리고 나갔다.

　이틀 밤 내내 펠리시테는 죽은 비르지니 곁을 떠나지 않고 지켰다. 그녀는 똑같은 기도를 되풀이해서 드렸고, 침대보에 성수를 뿌리고 자리에 다시 앉아 비르지니를 지켜보았다. 첫 번째 밤샘이 끝날 때 즈음, 시신의 얼굴이 노래지고 입술에 푸른 기가 돌며 코가 오므라들고 눈이 움푹 들어가고 있다는 사실을 알아챘다. 그녀는 그 눈에 여러 번 입을 맞추었다. 비르지니의 눈이 다시 떠진다고 해도 별로 놀라지 않았을 것이다. 그녀와 같은 사람에게 초자연적인 것은 당연하고 단순한 일이었다. 그녀는 비르지니의 몸을 닦아 수의를 입히고 관에 넣었으며, 그녀에게 화관을 씌우고 머리카락을 펼쳐 놓았다. 금빛 머리카락은 나이에 비하면 놀라울 정도로 길었다. 펠리시테는 머리카락을 한 묶음 크게 잘라 반을 자기 가슴에 집어넣으며, 결코 몸에서 떨어뜨리지 않겠다고 결심했다.

　오뱅 부인의 뜻에 따라 시신은 퐁레베크로 운구되었다. 부인은 마차의 문을 닫고 영구차를 따라 갔다.

　미사를 드린 후에, 묘지까지 가는 데 또 사십오 분이 소요되었다. 폴이 선두에서 걸으며 흐느꼈다. 부레는 그 뒤를 따랐고, 이어 주요 유지들, 검은 망토를 두른 여자들 그리고 펠리시테가 뒤따랐다. 그녀는 조카를 생각했다. 조카에게 이런 영예를 주지 못한 터라 마치 비르지니와 함께 조카 장례를 치르는 것처럼 슬픔이 배가되었다.

　오뱅 부인의 절망은 끝이 없었다.

　처음에는 자신에게서 딸을 앗아간 신이 공정치 못하다고 생각하고 신에 대해 반항하는 마음을 품었다. 딸은 나쁜 짓이라고는 한 적이 없고 양심도 그렇게 순수할 수 없었어! 아냐!

딸을 남부 지방에 데려갔어야 했는데 다른 의사라면 그 애를 구했을 거야! 그녀는 자책하며 딸과 다시 결합하고자 했고, 꿈을 꾸다가도 슬픔을 못 이겨 비명을 질렀다. 꿈 하나가 특히 부인의 마음을 사로잡았다. 남편이 선원 복장으로 먼 여행에서 돌아와 비르지니를 데려오라는 명령을 받았다고 울며 말했다. 그래서 그들은 비르지니를 어디에 숨길지 함께 의논했다.

한번은 부인이 아연실색하여 정원에서 돌아왔다. 조금 전에(그녀가 장소를 가리켰다.) 아버지와 딸이 차례로 나타났는데 아무 행동도 하지 않고 자신을 물끄러미 바라보았다는 것이었다.

그녀는 자기 방에 틀어박혀 몇 달을 꼼짝 않았다. 펠리시테가 가볍게 잔소리를 했다. 아들을 위해서도 그렇고, 또 딸을, '그 애'를 기억하기 위해서라도 몸을 아끼라고 했다.

'그 애'라고? 오뱅 부인이 마치 잠에서 깨어나듯이 말을 이었다. "아! 그래! ⋯⋯그래! ⋯⋯자넨 그 애를 잊어선 안 돼!" 사람들이 부인 앞에서는 세심히 주의를 기울여 언급하지 않았던 묘지를 암시하는 말이었다.

펠리시테는 매일 그곳에 갔다.

4시 정각에 그녀는 마을을 지나 언덕을 올라가 울타리 문을 열고 비르지니의 무덤에 도착했다. 분홍색 대리석으로 된 작은 석주형 묘로, 아래쪽에는 포석이 놓여 있고 주위에는 사슬이 둘러쳐진 작은 정원이 꾸며져 있었다. 꽃들이 만발해서 화단은 보이지 않았다. 그녀는 잎에 물을 주고, 모래를 새로 갈아 주고, 무릎 꿇고 앉아 땅을 일구었다. 묘지에 올 수 있는 상황이 되었을 때 오뱅 부인은 그 풍경을 보고 마음도 진정되고 위안받았다.

여러 해가 흘렀다. 부활절, 성모 승천일, 만성절 같은 대축일이 돌아오는 것을 제외하면 모두 똑같았고, 별다른 일은 없었다. 나중에 과거를 거슬러 올라가며 생각해 보면 집안일들이 획기적인 행사처럼 보였다. 1825년에 유리 장사 두 명이 현관에 칠을 했고, 1827년에는 지붕의 한 귀퉁이가 마당에 떨어지는 바람에 사람이 죽을 뻔했다. 1828년 여름에는 부인이 성찬식 빵을 제공할 차례였다. 부레는 이 시기부터 이상하게도 사라지고 나타나지 않았다. 기요, 리에바르, 르샵투아 부인, 로블랭, 오래전에 중풍에 걸려 몸이 마비되었던 그르망빌 삼촌 등 이전에 알고 지내던 사람들이 하나둘 세상을 떠났다.

어느 날 밤 우편 마차의 마부가 7월 혁명[8]이 발발했다는 소식을 퐁레베크에 알렸다. 며칠 지나지 않아 신임 부지사가 임명되었다. 라르소니에르 남작은 미국에서 영사를 역임한 사람으로 그의 집에는 아내 외에도 처제와 장성한 세 딸이 있었다. 하늘거리는 블라우스를 입은 딸들이 저택 잔디밭에 있는 모습이 눈에 띄었다. 그녀들에게는 흑인 하인 한 명과 앵무새도 있었다. 그들이 오뱅 부인을 방문했고, 그녀도 잊지 않고 답방을 했다. 그녀들이 보이기만 하면 아무리 멀리 있어도 펠리시테는 부인에게 달려가 알렸다. 그러나 부인을 감동시킬 수 있는 것이 단 한 가지 있다면, 그것은 아들의 편지였다.

---

8 나폴레옹이 몰락한 후, 루이 18세의 뒤를 이어 왕위에 오른 샤를 10세가 혁명 전의 귀족들에게 특권을 다시 부여하는 등 보수 반동의 노선을 표방하며 절대 왕정의 부활을 꾀하고, 국회 의원 선거를 무효화하여 재선거를 치르려고 하자 파리 시민이 봉기를 일으켜 샤를 10세는 양위하고 물러났다. 이후 입헌 군주제가 정착되었다.

그는 아무 직업도 없이 작은 카페에서 술을 마시며 지냈다. 어머니가 빚을 갚아 주면 그는 다른 빚을 졌다. 오뱅 부인이 창문 옆에서 뜨개질을 하다가 한숨짓는 소리가 부엌에서 물레를 돌리던 펠리시테의 귀에까지 들려오곤 했다.

그녀들은 과수원 길을 따라 함께 산책하면서, 언제나 비르지니 이야기를 하고 이런 일이 그 애 마음에 들었을까, 이럴 때 그 앤 뭐라고 했을까 하고 서로 의견을 물었다.

비르지니 소유였던 잡다한 것들이 침대 두 개가 있던 방의 벽장을 차지하고 있었다. 오뱅 부인은 그것들을 될 수 있는 한 들여다보지 않으려고 했다. 어느 여름날 그녀는 참지 못하고 벽장을 열었다. 가구에서 나방 몇 마리가 나와 날아갔다.

비르지니의 옷들은 선반 아래에 잘 정돈되어 있었다. 선반 위에는 인형 세 개, 굴렁쇠들, 장난감 가재도구, 그 애가 쓰던 대야가 놓여 있었다. 오뱅 부인과 펠리시테는 치마, 양말, 손수건을 꺼내 두 침대 위에 펼쳐 놓았다가 다시 접었다. 태양이 이 보잘것없는 것들을 밝게 비추자, 얼룩들과 몸을 움직일 때 생겼던 주름들이 드러났다. 덥고 푸르른 날이었다. 티티새가 조잘거리고 모든 것들이 심원한 부드러움 속에 살아 있는 것 같았다. 긴 털이 달린 작은 밤색 천 모자를 찾아냈는데, 좀이 잔뜩 슬어 있었다. 펠리시테가 그 모자를 달라고 했다. 서로 바라보던 그녀들의 눈에 눈물이 가득 차올랐다. 마침내 여주인이 팔을 벌렸고 하녀가 품속으로 뛰어들었다. 주인과 하녀의 신분을 잊고 평등한 가운데 꼭 껴안고 입을 맞추며 서로의 고통을 달랬다.

오뱅 부인이 외향적인 성격이 아니었기에 그리한 것은 그들의 인생에서 처음 있는 일이었다. 펠리시테는 은혜라도 입은 것처럼 부인에게 고마움을 느꼈고, 그 후로는 동물적인 헌신과 종교적인 경배심을 품고 부인을 지극히 소중히 여겼다.

그녀의 마음속에 깃들어 있던 선의가 점점 커졌다.

거리에서 행진하는 군대 북소리가 들리면, 그녀는 사과주 단지를 들고 문 앞으로 나가서 군인들에게 마시라고 나누어 주었다. 그녀는 콜레라 환자들을 돌보고 폴란드인들을 보호해 주었다.[9] 그녀와 결혼하고 싶다고 고백한 사람도 한 명 있었다. 그러나 사이가 틀어지고 말았다. 어느 날 아침 삼종 기도를 마치고 돌아와 보니, 그가 부엌에 들어와서 프랑스식 소스를 만들어 편안하게 앉아 먹고 있었던 것이다.

폴란드인 다음은 1793년에 끔찍한 일을 저질렀다고 알려진 콜미슈 영감 차례였다.[10] 그는 강가에서 다 허물어진 돼지우리 같은 곳에 살았다. 개구쟁이들이 벽 틈으로 보고 있다가 돌을 던져서 그가 누운 초라한 침대에 돌이 날아들곤 했다. 그는 독감에 걸려 계속 기침했다. 머리카락은 깎지 않아서 굉장히 길었고 눈꺼풀은 부어 있었으며, 팔에는 머리보다 큰 종양이 나 있었다. 그녀는 그에게 내의를 갖다주었고, 집을 청소해 주려고 애썼다. 부인에게 폐가 되지만 않으면 빵 굽는 곳에 그의 거처를 마련해 주고 싶었다. 종양이 터졌을 때에는 매일같

---

9   나폴레옹이 몰락한 이후 러시아 황제가 폴란드 국왕의 자리를 차지했고, 1830년 일어난 프랑스 7월 혁명 이후 봉기가 일어나자 러시아가 이를 무자비하게 진압하였다. 이후 많은 폴란드인이 프랑스로 망명했는데, 플로베르의 고향이 있는 노르망디 지방에서는 폴란드인이 농장 인부로 일하는 경우가 많았다.

10   1789년에 일어난 프랑스 대혁명이 과격해지면서 로베스피에르는 1793년에 프랑스 혁명의 이념에 반대하는 온건파를 숙청하는 공포 정치를 단행했다. 당통도 이때 처형당했다. 공포 정치는 테르미도르의 반동(1794년 7월 26일)을 계기로 로베스피에르가 실각하면서 끝난다.

이 붕대를 감아 주었고, 갈레트를 가져다주기도 했으며, 건초를 한 단 깔고 그를 앉혀 해바라기하게끔 도왔다. 그 불쌍한 노인은 침을 흘리고 몸을 떨면서 꺼져 가는 목소리로 고마움을 표했고, 그녀가 아주 사라질까 봐 두려워서 그녀가 돌아가려고 하면 그녀를 잡으려고 두 손을 뻗었다. 그가 죽자 그녀는 그의 영혼의 안식을 위해 미사를 올렸다.

바로 그날 그녀에게 큰 행운이 찾아왔다. 저녁 식사를 하려는데 라르소니에르 부인의 흑인 하인이 새장에 든 앵무새와 횃대, 사슬, 자물쇠를 가지고 찾아왔다. 남작 부인이 오뱅 부인에게 남긴 쪽지에 따르면, 남작이 도지사로 승진하여 그날 밤에 떠나야 했다. 남작 부인은 오뱅 부인에게 이 새를 추억과 존경의 표시로 받아 달라고 청했다.

그 새는 오래전부터 펠리시테의 상상을 사로잡고 있었다. 그 새는 아메리카에서 왔고 아메리카라는 단어는 빅토르를 떠올리게 했던 것이다. 그래서 그녀는 그 흑인 하인에게 물어보았고 아메리가에 대해 많은 것을 알 수 있었다. 한번은 심지어 "앵무새를 얻게 된다면 부인이 기뻐할 거예요!"라고 말하기까지 했다.

흑인 하인은 그 말을 자기 여주인에게 전했고, 앵무새를 가져갈 수 없었던 라르소니에르 부인은 이런 식으로 앵무새를 떨쳐 버릴 수 있었다.

4

앵무새의 이름은 룰루였다. 몸은 초록색이었고, 날개 끝에는 분홍빛이 감돌았으며, 이마는 파란색, 목은 황금색이었다.

그러나 그 앵무새는 횃대를 물어뜯는 별난 버릇으로 사람들을 피곤하게 만들었고, 자기 깃털을 뽑아 대고, 배설물을 여기저기 흩뿌리고, 물통을 엎었다. 오뱅 부인은 귀찮아져서 앵무새를 펠리시테에게 아주 줘 버렸다.

그녀는 앵무새에게 말을 가르치기 시작했다. 앵무새는 곧 "잘생긴 소년! 감사합니다, 나리! 인사드려요, 성모님!" 같은 말을 반복적으로 하게 되었다. 그 녀석을 문 가까이에 놓아두었는데, 자코라고 불러도 대답하지 않아서 여러 사람이 뜻밖이라고 생각했다. 왜냐하면 앵무새는 전부 자코라고 불렸기 때문이다. 사람들은 그 앵무새를 얼간이나 고집불통으로 여겼다. 펠리시테에게는 그 말이 단도로 찌르듯 마음 아팠다! 룰루에게는 이상한 고집이 있어서, 사람들이 자기를 쳐다보는 순간부터 더 이상 말을 하지 않았던 것이다!

그렇지만 룰루는 사람 곁에 있으려고 했다. 일요일에, 로

슈퀴유 자매, 옹빌 그리고 새로 가담한 약제사 옹프루아, 바랭, 마티유 선장이 카드놀이를 할 때면, 날개로 창문을 두드리고 미친 듯이 소란을 피우는 통에 사람들이 서로 말을 알아들을 수 없을 정도였다.

부레의 얼굴이 룰루에게 아주 이상해 보였던 게 틀림없었다. 그의 얼굴이 비치기만 하면 룰루는 웃기 시작했고, 그것도 온 힘을 다해 웃어 젖혔다. 룰루의 목소리가 뜰에서 튀어 오르며 메아리쳐 반복해서 들려왔다. 이웃들도 창문에 나와 따라 웃었다. 앵무새 눈에 띄지 않으려고 부레는 모자로 얼굴을 가리고 벽을 따라 스치듯 걸어 강 쪽으로 빙 둘러 정원 문으로 들어왔다. 자연히 앵무새를 보는 그의 시선은 곱지 않았다.

룰루가 정육점 배달부의 바구니에 머리를 집어넣었다가 손가락으로 꿀밤을 맞은 적이 있었는데, 그때부터 룰루는 배달부를 셔츠채 깨물려고 했다. 파뷔는 목을 비틀어 버리겠다고 위협했다. 팔에는 문신을 하고 구레나룻을 길게 길렀지만, 그는 진인한 사람은 아니었다. 오히려 그 반대였다! 그는 앵무새에게 애정이 있어서, 재미로 룰루에게 욕을 가르치고 싶어 할 정도였다. 이런 태도에 겁이 나서 펠리시테는 룰루를 부엌에 데려다 놓았다. 묶어 놓은 사슬이 풀리면, 룰루는 온 집안을 돌아다녔다.

룰루가 계단을 내려올 때면, 굽은 부리를 계단에 받치고 오른발을 들었다가 왼발을 들었다가 했다. 이렇게 체조하듯 움직이는 것이 앵무새에게 현기증을 불러일으키지나 않을까 펠리시테는 겁이 났다. 룰루는 병이 났고, 더 이상 말하지도 먹지도 못했다. 가끔 암탉도 그런 일이 생기는데, 혀 밑에 두꺼운 게 생기는 병이었다. 그녀가 손톱으로 그 막을 떼어내어 룰루를 고쳐 주었다. 어느 날 퐁이 신중치 못하게 시가 연기를 룰루의 콧구멍에 뿜은 일도 있었다. 또 한 번은 로르모 부인이 작은 양산 끝으로 찔러 귀찮게 굴자, 룰루가 양산 끝을 덥석 물더니 어디론가 사라져 버렸다.

펠리시테가 바람을 쐬게 해 주려고 앵무새를 풀밭에 내려 놓고 잠시 자리를 비웠다가 돌아와 보니 앵무새가 사라지고 없었다! 우선 그녀는 덤불을 찾아보고 강가에도 가 보았으며 지붕에도 올라가 보았다. 여주인이 "조심해! 정신 좀 차리라고!"라고 말해도 듣지 않았다. 이어 퐁레베크에 있는 정원이라는 정원은 모두 샅샅이 찾아보았고, 지나가는 이를 붙들고 묻기도 했다. "혹시 제 앵무새 못 봤어요?" 앵무새가 뭔지 모르는 사람에게는 어떻게 생겼는지 설명해 주었다. 문득 언덕 비탈 아래 물레방아 뒤쪽에서 파닥거리는 푸르스름한 뭔가를 분명히 본 것 같았다. 언덕 위까지 찾아보았지만 아무것도 없었다! 어떤 잡화상이 확실하다며 조금 전 생믈렌에 있는 시몽 어멈의 가게에서 앵무새를 보았다고 펠리시테에게 말해 주었다. 그녀가 달려갔다. 거기 있는 사람들은 그녀가 무슨 말을 하는지 이해하지 못했다. 결국 그녀는 기진맥진해져서 돌아왔다. 헌 신발은 다 찢어졌고, 마음에는 슬픔이 가득했다. 장의자 중간에 앉아 부인 곁에서 자신이 얼마나 고생했는지를 빠짐없이 이야기할 때 무겁지 않은 뭔가가 그녀의 어깨 위로 내려앉았다. 룰루! 도대체 뭘 하고 온 거야? 어쩌면 주변을 산책하듯 돌아다닌 건지도 몰라!

그녀는 룰루를 잃어버릴 뻔한 일을 쉽게 잊지 못했다. 어찌 보면 결코 잊지 못했다.

감기 끝에 그녀는 목에 급성 염증이 생겼고 곧이어 귀가 아팠다. 삼 년 뒤에는 귀머거리가 되었다. 그래서 성당에서조차 큰 소리로 말했다. 그녀의 죄가 교구 구석구석까지 소문나도 그녀의 명예를 더럽히는 것도 아니고 다른 사람들에게 곤란할 것도 없었지만, 신부는 그녀의 고해성사를 제의실에서만 받는 것이 좋겠다고 생각했다.

환청처럼 윙윙거리는 소리 탓에 마침내 그녀는 불안해지고 말았다. 여주인이 자주 그녀에게 "이런! 어쩜 이렇게 어리석을까!"라고 말하면, 그녀는 주변의 뭔가를 찾으며 "네, 부인."이라고 대답했다.

그렇잖아도 협소하던 그녀의 생각이 더 협소해졌다. 시끄러운 종소리, 황소의 울음소리는 더 이상 들리지 않았다. 모든 존재들이 유령처럼 조용히 움직였다. 이제 그녀의 귀에 들리는 소리는 하나밖에 없었다. 앵무새가 내는 소리였다.

그녀의 기분을 전환해 주려는 것처럼, 앵무새는 꼬치구이를 할 때 나는 탁탁 소리도 내고, 생선 장수가 날카롭게 외치는 소리, 앞집에 사는 목수가 톱질하는 소리도 냈다. 벨이 울리면 "펠리시테! 문 열어! 문 열어!"라고 오뱅 부인을 흉내 냈다.

펠리시테와 앵무새는 대화를 나누었다. 앵무새는 자기 레퍼토리에 들어 있는 문장 세 개를 지겨울 정도로 읊어 대고, 그녀는 두서없이 단어 몇 개로 대답했는데, 그 단어에서 그녀의 마음이 드러났다. 그녀가 외롭게 살아가는 동안 룰루는 거의 아들이자 연인이었다. 앵무새는 그녀의 손가락을 타고 오르락거렸고 입술을 깨물었으며 그녀의 숄을 움켜쥐고 앉았다. 그녀가 보모처럼 머리를 흔들며 이마를 숙이면, 머릿수건에서 커다란 날개처럼 옆으로 뻗친 부분이 새의 날개와 함께 흔들렸다.

구름이 짙어지고 천둥이 요란하게 울리면 앵무새는 소리를 질렀다. 고향의 숲에서 겪었던 소나기를 기억하는지도 몰랐다. 물이 콸콸 흐르면 착란에 빠진 것처럼 흥분했다. 새는 미친 듯이 파닥거리며 천장으로 올라가고 전부 뒤엎었으며, 창문으로 빠져나가 정원에서 절벅거렸다. 그러다가 재빨리 장작 받침대로 돌아와서는 깡충거리며 깃털을 말리고, 꼬리나 부리를 드러내 보이기도 했다.

1837년 지독하게 추웠던 어느 겨울 아침, 추위 때문에 앵무새를 벽난로 앞에 놓아두었는데, 앵무새가 발톱으로 철망을 움켜쥔 채 머리를 아래로 늘어뜨리고 새장 한가운데에 죽어 있었다. 혹시 뇌출혈로 죽은 걸까? 펠리시테 생각으로는 미나리에 중독된 것 같았다. 증거가 없긴 했지만 그녀는 파뷔를 의심했다.

그녀가 얼마나 울었던지 여주인이 "그럼 박제로라도 만들어!"라고 말했다.

그녀는 지금까지 앵무새에게 잘 대해 주었던 약사에게 조언을 구했다.

약사가 르아브르에 편지를 썼다. 펠라셰라는 사람이 이 일을 떠맡았다. 그런데 합승 마차에서 가끔 수하물이 분실되는 일이 있었기에 그녀는 옹플뢰르까지 직접 새를 가져가기로 했다.

잎이 다 떨어진 사과나무들이 길가에 이어졌다. 도랑에는 얼음이 덮여 있고 여자들 주위에서 개들이 짖어 댔다. 소매 없는 반코트 아래에 손을 넣고 작은 검은색 나막신을 신고 바구니를 든 채, 그녀는 도로 한가운데를 빠른 걸음으로 걸었다.

그녀는 숲을 가로지르고 오셴 지방을 지나 생가티앵에 도착했다.

내리막에 가속이 붙어 우편 마차가 먼지를 구름처럼 일으키며 그녀 뒤에서 전속력으로 달려왔다. 마치 소용돌이 같았다. 길을 비켜 주지 않고 태연히 가는 여자를 보고 마부가 지붕 위에서 몸을 일으켰다. 앞에 앉아 있던 마부 또한 고함을 질렀다. 마부가 속도를 줄이지 못한 가운데, 말 네 마리는 더욱 속도를 높였다. 앞에 있던 말 두 마리가 그녀를 스칠 정도였다. 마부가 급히 고삐를 잡아당겨 말들을 길 가장자리로 내몰았다. 화가 머리끝까지 치민 마부가 팔을 들어 굵은 채찍을 힘껏 휘둘렀다. 배부터 쪽진 머리까지 얼마나 세게 맞았던지 그녀는 쓰러지고 말았다.

정신을 차리고 그녀는 제일 먼저 광주리를 열어 보았다. 다행히 룰루는 괜찮았다. 오른쪽 뺨에 타는 듯한 느낌이 들어 손을 대어 보니 손이 붉게 물들었다. 피가 흐르고 있었다.

그녀는 1미터 높이 바위에 앉아 손수건으로 얼굴을 톡톡 찍어 닦고는 신중을 기하기 위해 바구니에 넣어 온 딱딱한 빵을 먹었다. 상처 난 것은 새를 바라보며 위안 삼았다.

에크모빌 정상에 올라 바라보니, 어둠 속에서 옹플뢰르의 불빛이 수많은 별처럼 반짝였다. 더 멀리 바다가 희미하게 펼쳐져 있었다. 그러자 마음이 약해져 걸음이 멈추어졌다. 비참했던 유년기, 실망스러웠던 첫사랑, 조카의 출발, 비르지니의 죽음이 그녀의 목구멍까지 밀물처럼 동시에 밀려와 숨이 막혔다.

그녀는 배의 선장에게 말을 하고 싶었다. 무엇을 보내는지는 언급하지 않고 선장에게 몇 가지 부탁을 했다.

펠라셰는 앵무새를 오랫동안 보내 주지 않았다. 다음 주에는 부내겠다면서도 항상 약속을 미뤘다. 반년이 지나자 그는 소화물을 하나 발송했다고 알려 왔다. 더 이상 의심의 여지가 없었다. 룰루는 절대 다시는 돌아오지 않을 거라고 생각해야 했다. '그들이 내게서 룰루를 훔쳐 간 거야!' 그녀는 생각했다.

마침내 룰루가 도착했다. 마호가니로 된 받침대에 나뭇가지를 나사로 조이고 그 위에 똑바로 선 채, 한 발은 들고 머리는 비스듬히 기울인 훌륭한 모습이었다. 박제사가 장엄함을 좋아했기에 황금색으로 칠한 호두가 물려 있었다.

그녀는 그것을 자기 방에 넣어 두었다.

찾아오는 사람이 거의 없어서 그 방은 작은 성당 같기도 했고 동시에 시장 통 같기도 했다. 그만큼 그 방에는 종교적인 물건과 잡다한 물건이 섞여 있었다.

커다란 옷장 때문에 방문이 잘 열리지 않았다. 정원을 굽어보는 창문 맞은편에는 안뜰을 향하는 둥근 창문이 있었다. 가죽을 댄 침대 옆에 탁자가 하나 있고 거기에는 물병 하나, 빗 두 개, 이 빠진 접시에 담긴 정육면체형 파란색 비누가 하나 있었다. 벽에는 묵주, 성인들의 메달, 성모 마리아가 여러 개, 야자열매로 만든 성수반이 걸려 있었다. 제단처럼 덮개를 간 서랍장 위에는 빅토르가 그녀에게 줬던 조개로 만든 상자가 있었다. 그리고 물뿌리개와 공 한 개, 공책 여러 개, 복제 판화로 된 지리책 한 권, 신발 한 켤레가 놓여 있었다. 거울을 걸어 놓은 못에는 작은 천 모자가 리본에 묶여 있었다! 펠리시테는 이런 것들에 대한 존경심을 멀리까지 발휘하여 주인어른의 외투도 한 벌 간직하고 있었다. 오뱅 부인이 더 이상 원치 않는 이런 낡은 물건들을 펠리시테가 자기 방에 갖다 두었던 것이다. 이런 식으로 서랍장 가장자리에는 조화가, 빛이 들어오는 천창 안쪽에는 아르투아 백작[11]의 초상화가 있었다.

그 방에는 벽난로가 툭 튀어나와 있었는데, 펠리시테는 그 위에 작은 널빤지를 놓고 룰루를 올려놓았다. 매일 아침 깨어나면서 새벽빛에 룰루를 바라볼 수 있었고, 지나간 나날을 곱씹으며 무의미한 행동들의 가장 세세한 사항까지 아무 고통도 느끼지 않고 평온한 마음으로 상기할 수 있었다.

그 누구하고도 터놓고 지내지 않아서 그녀는 몽유병자처럼 무감각한 상태로 살았다. 성체 축일의 행진 때가 되면 그녀는 활기를 되찾았다. 그녀는 거리에 세워지는 성체 안치소를 꾸미기 위해 이웃집 몇 곳에 촛대와 밀짚을 구하러 다녔다.

성당에서 그녀는 항상 성령을 응시했는데 성령이 앵무새를 좀 닮았다는 사실을 깨달았다. 에피날에서 출판한 예수님의 세례 장면과 관계된 그림을 보고 나니 그 유사성은 더욱 분명해 보였다. 성령의 자주색 날개와 에메랄드빛이 나는 육체는 진정 룰루의 초상화였다.

그녀는 그 그림을 사서 아르투아 백작의 초상화가 있던 자리에 걸었다. 그럼으로써 그녀는 앵무새와 그림을 한꺼번에 볼 수 있었다. 그녀의 생각 속에서 그것들은 서로 연결되었다. 앵무새는 성령과의 관계를 통해 성스러워졌고, 성령은 그녀가 볼 때 살아 있는 듯 이해하기 쉬워졌다. 당신의 뜻을 알리기 위해 하느님이 비둘기를 선택할 리 없어. 비둘기에게는 목소리가 없거든. 차라리 룰루의 조상 중 하나를 선택했을 거

---

11 아르투아 백작은 루이 15세의 막내아들로서 후에 부르봉가의 마지막 왕 샤를 10세가 되었다. 아르투아 백작은 왕위를 잇기 전에 불렸던 공식 명칭이다.

야. 펠리시테는 그림을 바라보며 기도를 했고, 때때로 몸을 약간 돌려 새를 바라보았다.

그녀는 성모 마리아 자매단에 가입하고 싶어졌다. 오뱅 부인이 그러지 못하게 말렸다.

놀라운 일이 생겼다. 폴이 결혼한 것이다.

폴은 처음에는 공증인의 서기였다가 이어 장사도 해 보았고 세관과 세무서에도 들어갔었고, 심지어는 임수산청에 들어가려고 교섭을 벌이기도 했다. 그런데 36세에 하늘의 계시라도 받았는지 갑자기 제 길을 찾아낸 것이다. 그가 등기 업무에서 탁월한 능력을 선보이자, 검사관이 딸을 소개하며 후원을 약속했다.

폴은 신중해졌고, 어머니에게 며느리를 데리고 왔다.

며느리는 퐁레베크의 관습을 헐뜯고 공주처럼 행세해서 그녀의 마음을 상하게 했다. 며느리가 떠나자 오뱅 부인은 마음이 놓였다.

그다음 주에 부레가 브르타뉴 남쪽 지방의 한 여관에서 숨을 거뒀다는 소식이 알려졌다. 자살했다는 소문이 사실로 확인되었다. 그의 정직성에 대해서도 의혹이 제기되었다. 오뱅 부인이 회계 장부를 꼼꼼히 검토해 보았더니, 곧 이자 횡령, 목재 판매 은폐, 허위 계산서 등 그가 저지른 흉악한 행태가 끝없이 드러났다. 게다가 그에게는 사생아도 있었고, '도쾰레'라는 여자와 '내연 관계'였다.

이런 파렴치한 행동에 부인은 매우 상심했다. 1853년 3월, 그녀는 가슴에 통증을 느꼈다. 그녀의 혀는 시꺼먼 것으로 뒤덮인 듯했다. 사혈을 해도 답답한 게 나아지지 않았다. 아흐레째 되던 날 저녁, 정확하게 72세 나이로 부인이 사망했다.

천연두 자국이 살짝 있는 파리한 얼굴을 앞가르마를 탄 갈색 머리카락으로 감싸듯 가려서, 그녀는 그다지 나이 들어 보이지 않았다. 그녀의 죽음을 애달파한 사람은 별로 없었다. 행동거지가 거만해서 사람들이 가까이하지 않았던 것이다.

주인이 죽었다고 우는 사람도 별로 없었지만, 펠리시테만은 슬퍼하며 울었다. 부인이 자신보다 먼저 죽다니, 그 사실이 마음을 뒤흔들었다. 이는 세상의 질서에 어긋나는, 받아들일 수 없는 끔찍한 일로 여겨졌다.

열흘 뒤에(브장송에서 달려오는 시간), 상속인들이 들이닥쳤다. 며느리는 서랍을 뒤지고 가구들을 골라내고 다른 것들을 팔아 치운 다음 등기소로 돌아갔다.

부인의 안락의자, 부인의 둥근 탁자, 부인의 발난로, 의자 여덟 개가 팔려 나갔다! 판화가 걸려 있던 칸막이벽 가운데에는 노란색으로 뚜렷하게 사각형 자국이 남았다. 그들은 매트리스와 함께 작은 침대 두 개도 가져갔다. 벽장에 있던 비르지니의 물건 중에서 남은 건 이제 전혀 없었다! 펠리시테는 슬픔에 취해 3층으로 올라갔다.

그다음 날 현관에 게시문이 붙었다. 약사가 그녀의 귀에 대고 집이 팔릴 거라고 소리쳤다.

그녀는 몸이 휘청해서 주저앉고 말았다.

불쌍한 룰루에게 그렇게도 잘 어울렸던 자신의 방을 포기해야 하는 것이 그녀는 특히 가슴 아팠다. 불안한 시선으로 룰루를 바라보며, 그녀는 성령에게 간청하는 기도를 드렸다. 그러면서 앵무새 앞에서 무릎을 꿇고 기도를 하는 우상 숭배 습관에 빠져들었다. 때때로 천창으로 들어오는 햇빛이 룰루의 유리 눈에 반사되면, 그 눈에서 커다란 광선이 나와 그녀를 황홀성에 빠뜨렸다.

그녀에게는 여주인이 물려준 연금 380프랑이 있었다. 정원에서 채소를 키울 수도 있었고, 죽을 때까지 입을 옷도 있었다. 황혼이 지면 바로 자리에 누워 등불을 아꼈다.

이전에 사용하던 가구 몇 개가 진열되어 있는 고물가게를 피하느라 그녀는 거의 외출을 하지 않았다. 현기증이 났던 날부터 그녀는 다리를 절었다. 그녀의 기력이 떨어짐에 따라, 식료품점을 하다 망한 시몽 어멈이 매일 아침, 장작을 패고 펌프질을 해 주러 왔다.

펠리시테의 시력이 약해졌다. 그녀는 더 이상 덧문을 열지 않았다. 여러 해가 흘렀다. 집은 세도 나가지 않았고 팔리지도 않았다.

쫓겨날까 봐 겁이 나서 펠리시테는 집을 수리해 달라고 요구하지 않았다. 지붕에 이어 놓은 나무판자들이 썩어 들어갔다. 겨우내 그녀의 긴 베개는 축축이 젖어 있었다. 부활절이 지나자 그녀가 피를 토했다.

그러자 시몽 어멈이 의사에게 도움을 청했다. 펠리시테는 무슨 병인지 알고 싶었다. 그렇지만 귀가 단단히 먹어서 단어 하나만 알아들을 수 있었다. '폐렴.' 폐렴은 그녀도 잘 아는 병이었다. 그녀는 조용히 대답했다.

"아! 부인과 마찬가지로." 그녀는 여주인을 따르는 것을 자연스럽게 여겼다.

성체 안치소를 만들 시기가 다가왔다.

첫 번째 성체 안치소는 항상 비탈길 아래쪽에, 두 번째 것은 우체국 앞에, 세 번째 것은 길 중간에 있었다. 세 번째 안치소를 유치하려고 경쟁이 붙어서 교구민들은 결국 오뱅 부인의 안뜰을 택했다.

가슴이 답답해지고 열이 올랐다. 펠리시테는 성체 안치소를 만드는 데 아무것도 하지 못해 괴로웠다. 그곳에 작은 것이라도 가져다 놓을 수 있다면! 문득 앵무새가 떠올랐다. 이웃여자들이 적절하지 않다고 반대했다. 그러나 신부가 허락해 주었다. 그녀는 몹시 행복해하며, 자기가 죽으면 유일한 재산인 룰루를 받아 달라고 신부에게 부탁했다.

화요일부터 성체 축일 전날인 토요일까지 기침이 잦아졌다. 저녁이 되자 얼굴이 마비되고, 입술은 잇몸에 들러붙고, 구토를 했다. 그다음 날 새벽에 기력이 너무 쇠해졌음을 느끼고 그녀가 신부를 불러 달라고 얘기했다.

종부 성사를 하는 동안 여자 세 명이 그녀를 둘러쌌다. 그녀는 파뷔에게 할 말이 있다고 털어놓았다.

정장 차림으로 도착한 파뷔는 음울한 데 오게 되어 불편한 기색이었다.

팔을 뻗으려고 애쓰며 그녀가 말했다. "용서해 주게. 룰루를 죽인 게 자네라고 생각하고 있었어!"

이런 험담이 대체 무슨 소리야? 자기 같은 사람을 살생자로 의심하다니! 그는 화가 나서 소란을 피울 뻔했다.

"보다시피 제정신이 아니잖아요!"

펠리시테는 이따금 유령 같은 것에 대고 말을 했다. 여자들은 돌아갔고 시몽 어멈은 점심을 먹었다.

잠시 후에 어멈이 룰루를 들고 펠리시테에게 다가왔다.

"자! 작별 인사를 해요!"

박제를 했는데도 벌레가 다 파먹고, 날개 하나는 꺾여 있었으며, 배에서는 충전재가 삐져나와 있었다. 그렇지만 이제 눈이 멀어 아무것도 보이지 않았기 때문에, 그녀는 룰루의 이마에 입을 맞추고 뺨에 룰루를 갖다 댔다. 시몽 어멈이 룰루를 받아들고 제단에 갖다 놓았다.

5

목장에서 여름 냄새가 풍겨 왔다. 파리들이 윙윙거리며 날아다녔다. 태양에 비쳐 강물이 반짝였고 슬레이트 지붕이 뜨겁게 달궈졌다. 시몽 어멈이 방으로 돌아와 천천히 잠들었다.

종소리가 들려 그녀는 잠에서 깨어났다. 저녁 예배를 드리고 사람들이 밖으로 나왔다. 펠리시테의 착란도 줄어들었다. 자신이 행렬을 따라가기라도 하는 것처럼 펠리시테는 그 행렬을 머릿속으로 그려 보았다.

초등학교 다니는 아이들, 성가대원들, 소방수들이 인도에서 행진했다. 길 중간에는 미늘창으로 무장한 스위스 용병이 앞장서고, 이어 커다란 십자가를 든 성당지기, 아이들을 감독하는 성당 교사, 조마조마한 마음으로 소녀들을 돌보는 수녀가 행진해 나갔다. 천사처럼 머리카락이 곱실거리는 몹시 예쁜 소녀 세 명이 장미 꽃잎을 공중에 뿌렸다. 부제(副祭)가 팔을 벌리고 음악을 지휘했다. 향로를 든 두 사람은 걸음을 뗄 때마다 몸을 돌려 성체를 바라보았다. 선홍색 벨벳 덮개 아래에는 멋진 제의복을 입은 주임 신부가 성체를 받들고 서 있었고, 사목 위원 네 명이 그 덮개를 들었나. 건물 벽을 덮고 있는 흰 천 사이로 사람들의 물결이 서로를 밀치며 덮개를 따라갔다. 행렬이 비탈길 아래에 도착했다.

식은땀이 펠리시테의 관자놀이를 적셨다. 언젠가는 자신도 이런 일을 겪을 거라고 혼잣말을 하며 시몽 어멈이 속옷으로 땀을 닦아 주었다.

군중이 웅성거리는 소리가 점점 커지다가 어느 순간 아주 강해지더니 점차 줄어들었다.

일제 사격 소리가 들리며 창문이 흔들렸다. 역마차의 마부들이 성체 현시대에 경의를 표하는 소리였다. 펠리시테는 눈동자를 굴리며, 낼 수 있는 가장 큰 소리로 말했다.

"괜찮을까?" 그녀는 앵무새가 걱정되었다.

임종의 고통이 시작되었다. 거친 숨소리가 점점 더 빨라졌고 허리가 들썩였다. 입 가장자리로 거품이 흘러나왔다. 그녀는 온몸으로 떨고 있었다.

얼마 안 있어 웅웅거리는 관악기 소리, 아이들의 맑은 목소리, 어른들의 깊은 목소리가 선명하게 들려왔다. 간간이 이런 소리들이 완전히 멈추면, 마치 가축 떼가 풀밭을 걸어가는 것처럼 꽃잎을 밟는 발자국 소리가 약하게 들려왔다.

성직자가 안뜰에 나타났다. 시몽 어멈이 의자 위로 올라가 둥근 창 가까이 가서 성체 안치소를 내려다보았다.

제단은 영국식으로 짠 레이스로 꾸며져 있었는데, 그 위로 초록색 꽃들이 장식처럼 늘어뜨려졌다. 제단 중간에는 성유물을 넣는 조그만 함이 있었고, 제단 모서리에는 오렌지나무가 두 그루씩 있었다. 제단을 따라 촛대와 자기 화분 들이 놓였다. 해바라기, 백합, 작약, 디기탈리스, 수국 다발이 화분 밖으로 꽃을 피우고 있었다. 이 다채로운 꽃무더기가 첫 번째 단에서 카펫까지 비스듬히 내려와 보도를 따라 이어졌다. 희귀한 물건들이 시선을 끌었다. 은으로 도금한 왕관 모양 설탕 그릇은 제비꽃을 왕관처럼 담고 있었고, 알랑송산(産) 유리 장식은 이끼 위에서 반짝였다. 두 폭짜리 중국산 병풍은 산수화를 보여 주었다. 장미꽃에 파묻혀 파란 이마밖에 보이지 않는 룰루는 청금석 조각 같았다.

사목 위원들, 성가대원들, 아이들이 안뜰의 세 면에 줄지어 섰다. 사제가 천천히 계단을 올라가 레이스 위에 커다란 태양 모양의 황금빛 성체 현시대를 내려놓았다. 성체 현시대가 빛을 발했다. 모두 무릎을 꿇었다. 깊은 침묵이 흘렀다. 향로들이 쇠줄에 매달려 높이 날아올랐다가 미끄러져 내려왔다.

하늘색 연기가 펠리시테의 방으로 올라갔다. 그녀는 콧구멍을 내밀며 연기를 들이마시고 신비로운 쾌감을 느꼈다. 그리고 눈을 감았다. 그녀의 입술에 미소가 떠올랐다. 그녀의 심장 박동이 조금씩 느려졌고, 샘물이 마르듯 메아리가 사라지듯 매번 더 희미해지고 더 가늘어졌다. 마지막 숨을 내뱉으며 그녀는 열린 하늘에서 거대한 앵무새 한 마리가 자기 머리 위를 나는 모습을 얼핏 본 듯했다.

구호 성자
쥘리앵의 전설

1

쥘리앵의 아버지와 어머니는 비탈진 언덕의 숲 한가운데 있는 성에 살았다.

성의 네 귀퉁이에 솟아 있는 뾰족한 탑은 납빛 비늘무늬 지붕으로 덮여 있었다. 성벽의 아랫부분은 단단한 암석 지대였고, 그 암석은 해자 바닥까지 급경사를 이루었다.

성 안뜰에 깔아 놓은 포석은 성당의 대리석 바닥만큼 깨끗했다. 입을 아래로 향한 용 모양의 긴 빗물받이 홈통은 물 저장고에 빗물을 토해 냈다. 층마다 창가에 놓인 채색 점토 화분에는 바질 꽃이나 헬리오트로프 꽃이 풍성하게 피어 있었다.

말뚝을 둘러 만든 두 번째 내부 공간에는 먼저 과수원이 나오고, 각양각색의 꽃들이 조화를 이루어 숫자 모양처럼 보이는 화단이 이어졌다. 더 뒤쪽으로는 반원형 천장에 포도 덩굴을 올려 시원한 바깥바람을 쐬게끔 한 정자, 시동들이 기분 전환하는 데 사용되는 펠멜[12] 놀이장이 있었다. 다른 쪽에는 개 사육장,

---

12 망치로 구슬을 쳐서 넣는 놀이.

마구간, 빵집, 양조장, 헛간 등이 있었다. 그 주위로 푸른 목초
지가 펼쳐졌는데 목초지 또한 튼튼한 가시 울타리에 둘러싸
여 있었다.

얼마나 오랫동안 평화가 지속되었던지 더 이상 성문을 내
리지 않았다. 성벽을 둘러싼 해자에는 물이 가득했으며, 제비
들은 성벽의 감시 구멍에 둥지를 틀었다. 하루 종일 성문과 망
루 사이의 성벽을 순찰하는 궁수도 햇살이 너무 강해지면 바
로 망루에 들어가서 수도승처럼 눈을 붙였다.

성 내부 어디서나 철제품이 반짝였으며, 방에는 장식 융
단이 추위를 막았고 장롱에는 옷들이 넘쳐 났다. 지하 저장고
에는 포도주 통이 가득 쌓여 있고 떡갈나무 궤짝들은 은화 자
루의 무게에 삐걱거렸다.

무기고 내부 양쪽으로 깃발들과 콧방울을 드러낸 갖가지
야생 동물이 죽 진열된 가운데, 그 사이로 아말렉족[13]의 투석
기, 가라만테스족[14]의 투창에서부터 사라센의 단검, 노르망디
인의 쇠사슬 갑옷에 이르기까지 모든 시대, 모든 민족의 무기
가 두루 있었다.

부엌에 있는 제일 큰 꼬챙이로는 황소 한 마리를 통째로
구울 수 있었다. 성의 소성당은 왕의 기도실만큼 화려했다. 외
딴 구석에는 로마식 한증막까지 있었지만 성주는 우상 숭배

---

13 아말렉족은 『구약 성경』에 나오는 종족으로 유대 지방 남쪽에 살아 유대인들
    과 분쟁이 잦았다. 하느님이 사울 왕으로 하여금 아말렉족에게 속하는 모든 것
    을 멸하라고 명령했으나 사울 왕이 살찐 소와 양을 남김으로써 하느님의 뜻을
    어겨 왕위에서 쫓겨나고 다윗이 그 자리에 올랐다.

14 북아프리카에 사는 베르베르족으로 플로베르는 『살람보』에서 가라만테스족의
    잔인성과 용기를 언급했다.

자들이나 쓰는 시설이라 여기고 이용하지 않았다.

성주는 항상 여우털 외투를 걸치고 성을 돌아다니며 봉신들을 평가했고 이웃의 분쟁을 조정했다. 겨울에는 떨어지는 눈송이를 지켜보거나, 이야기책을 읽으라고 시키고 그 이야기들을 들었다. 날이 좋아지기 시작하면 곧바로 푸른 밀밭 가장자리에 난 작은 길을 따라 암노새를 타고 길을 떠나 농민들과 이야기를 나누고 조언을 아끼지 않았다. 수많은 모험을 경험한 뒤 명문가의 규수를 아내로 맞이했다.

그녀의 얼굴은 매우 하얬고 약간 자존심이 강했으며 진지했다. 그녀가 쓴 뾰족한 원뿔형 모자는 문의 가로목을 스칠 듯 높았고, 모직 옷자락은 그녀 뒤로 세 걸음이나 끌릴 만큼 길었다. 그녀는 집안일을 수도원 일과처럼 규칙적으로 해 나갔다. 매일 아침 하녀들에게 일을 정해 주었고, 잼과 향유 만드는 일을 감독했으며 물레로 실을 자았고, 제단보에 수를 놓았다. 하느님께 기도드린 덕분에 그녀는 아들을 얻었다.

그래서 성대한 축연을 열었다. 햇불을 밝히고 하프가 연주되는 가운데 바닥에 꽃잎들을 흩뿌려 놓고 사흘 낮 나흘 밤에 걸쳐 만찬을 벌였다. 사람들은 희귀한 향료를 맛보았고, 양만큼이나 살찐 암탉들이 곁들여졌다. 여흥에서는 파이에서 난쟁이가 튀어나왔다. 하객들이 계속 밀려드는 바람에 사발이 부족해서 상아 뿔피리와 투구로 술을 마실 수밖에 없었다.

산모는 이 연회에 참석하지 않았다. 그녀는 침대에 조용히 누워 있었다. 어느 날 밤잠에서 깬 그녀는 창문으로 들어온 달빛에 움직이는 그림자 같은 것을 얼핏 보았다. 거친 수도복을 입은 노인으로 허리에는 묵주를 걸고, 어깨에는 배낭을 멘 품이 은거 수도승의 모습이었다. 그가 침대 머리로 다가와 입술을 떼지도 않고 말했다.

"기뻐하여라, 어머니여! 아들이 성인(聖人)이 될지니!"

그녀가 소리를 지르려고 했지만, 그는 달빛에 미끄러지듯 천천히 공기 속으로 날아올라 이내 사라졌다. 연회의 노랫소리가 더 크게 터져 나왔지만 그녀에게는 천사들의 목소리가 들려왔다. 그녀가 다시 베개에 머리를 내려놓았다. 백합꽃 무늬 액자 안에 넣어 둔 순교자의 뼈가 그녀를 굽어보고 있었다.

그다음 날 빠짐없이 물어보아도 은거 수도승을 보았다는 하인은 한 명도 없었다. 꿈인지 생시인지 모르지만, 하늘의 전언이 틀림없었다. 그러나 오만하다는 비난을 듣지나 않을까 걱정되어 그녀는 이에 관해 말하지 않으려고 신경을 썼다.

동 틀 무렵 연회에 참석한 사람들이 돌아갔다. 쥘리앵의 아버지는 마지막 손님을 배웅한 후 성문 밖에 있었다. 안개 속에서 거지 한 명이 불쑥 나타났다. 수염을 땋고 두 팔에 은팔찌를 낀 집시였는데, 눈이 불타오르는 듯했다. 그는 영감을 받은 듯 두서없이 중얼거렸다.

"아! 아! 당신의 아들은! ……많은 피를! ……많은 영광이! ……영원한 행복! ……황제의 가족."

그러고는 몸을 숙여 적선받은 돈을 줍더니 수풀 사이로 사라졌다. 성주는 좌우를 살피며 자신이 낼 수 있는 가장 큰 소리로 그를 불렀다. 아무도 없었다! 바람이 불자 아침 안개가 흩어졌다.

성주는 이 환영을 수면을 취하지 못해 피곤해진 탓으로 돌렸다. "이 일에 대해 말하면 비웃음을 살 거야!" 그가 혼잣말을 했다. 약속받은 게 분명치 않고 심지어 자신이 들었는지조차 의심스러웠지만 아들에게 주어진 빛나는 운명은 그의 마음을 사로잡았다.

부부는 서로 비밀을 감추었다. 그러나 둘 다 아이를 똑같이 애지중지했다. 하느님께서 점지해 주셨다고 생각하고 그들은 아들에게 세심한 주의를 기울였다. 아들의 작은 침대에는 가장 부드러운 솜털을 넣었고, 침대 위에는 비둘기 모양의 등잔불이 꺼지지 않고 타올랐다. 유모 세 명이 아이를 흔들어 재웠다. 배내옷에 싸인 채, 장밋빛 얼굴에 푸른 눈, 화려한 비단 외투를 걸치고 진주 달린 아기용 모자를 쓴 아이는 아기 예수와 닮았다. 이가 날 때에도 아이는 한 번도 울지 않았다.

7세가 되자 어머니는 아들에게 노래를 가르쳤다. 용감한 사람이 되라고 아버지는 아들을 큰 말에 태웠다. 아이는 편안한 미소를 지었고 곧 군마에 관한 모든 지식을 습득했다.

학식이 뛰어난 늙은 수도자가 성서와 아라비아 숫자, 라틴어, 송아지 가죽에 예쁜 그림 그리는 법을 가르쳐 주었다. 그들은 소음을 피해 아주 높은 탑에 올라가 함께 공부했다.

수업이 끝나면 그들은 정원으로 내려와 걸음을 옮겨 가며 꽃들을 연구했다.

때때로 계곡 골짜기에서 동양식으로 괴상하게 옷 입은 사람이 짐을 잔뜩 실은 동물들을 끌고 걸어가는 모습이 눈에 띄었다. 성주는 상인임을 알아채고 급히 하인을 보냈다. 그러면 그 이방인은 신뢰감이 생겨서 방향을 돌렸다. 상인은 응접실로 안내받으면 벨벳과 실크 제품, 금은 세공품, 향신료 그리고 어디에 쓰이는지 알 수 없는 독특한 물건들을 궤짝에서 꺼내곤 했다. 그런 후에 아무 위험 없이 큰 이익을 얻고 돌아갔다. 또 어떤 경우에는 순례자 무리가 문을 두드리기도 했다. 그들의 젖은 옷들은 아궁이 앞에서 김을 뿜었다. 배불리 식사를 마치고 나서 그들은 파도치는 바다에서 큰 범선을 타고 표류한 일, 불타듯 뜨거운 사막을 맨발로 걸은 일, 잔인한 이교도들, 시리아의 동굴, 구유와 무덤 등 자기들이 겪은 여행 이야기를 들려주었다. 그러고는 외투에서 가지각색의 조개를 꺼내 성주의 아들에게 건네곤 했다.

성주는 옛 전우들에게 종종 주연을 베풀었다. 술을 마시며 그들은 병기를 동원하여 성채를 공격하던 일과 크게 부상당했던 일을 회고했다. 쥘리앵은 귀 기울여 들으며 환호성을 질렀다. 그럴 때면 아버지는 아들이 커서 정복자가 되리라는 사실을 의심하지 않았다. 그러나 저녁 삼종 기도를 드리고 성당을 나와 몸을 숙인 가난한 사람들 사이를 지나갈 때면, 얼마나 겸손하고 고상한 태도로 지갑에서 돈을 꺼내는지 어머니는 아들이 후에 추기경이 되리라고 기대했다.

소성당에서 그는 부모님 옆에 자리를 잡고, 미사가 아무리 길어도 모자는 바닥에 내려놓고 손을 모은 채 기도대에 무릎을 꿇고 있었다.

어느 날 미사를 드리는 도중에 고개를 들었다가 성당 벽 구멍에서 흰 생쥐 한 마리가 나오는 것을 보았다. 그 생쥐는 제단의 첫 번째 계단을 종종걸음 치더니 두세 번 오른쪽 왼쪽으로 방향을 튼 다음 같은 방향으로 도망쳤다. 그다음 일요일에 그 생쥐를 다시 볼 수도 있겠다는 생각에 그의 마음이 동요되었다. 생쥐가 다시 나타났다. 일요일마다 생쥐를 기다리다 보니 생쥐가 성가시게 여겨졌고, 적의가 생겨서 없애 버려야겠다고 마음먹었다.

그래서 문을 닫고 계단에 과자 부스러기를 뿌린 다음 손에 막대기를 들고 구멍 앞에 자리 잡고 섰다.

한참 기다린 끝에 분홍색 주둥이가 보였고 이어 생쥐가 완전히 몸을 드러냈다. 그는 가볍게 한 대 툭 쳤다. 더 이상 움직이지 않는 이 작은 몸을 앞에 두고 그는 아연실색하여 어찌할 바를 몰랐다. 피 한 방울이 타일에 떨어져 있었다. 그는 소매로 재빨리 피를 닦아 내고 생쥐를 밖에 던졌다. 그 일에 대해서는 아무에게도 이야기하지 않았다.

온갖 새끼 새들이 정원에서 곡식을 쪼아 먹고 있었다. 그는 갈대에 콩을 넣을 생각을 했다. 나무에서 새들이 지저귀는 소리를 듣고 천천히 다가가 피리를 들고 양 볼에 바람을 잔뜩 넣고 불었다. 작은 새들이 어깨 위로 비 오듯 후드득 소리를 내며 떨어지자 제가 낸 꾀가 기분 좋게 느껴져 웃음을 참을 수 없었다.

어느 날 아침 성벽을 따라 돌아오다가 성채의 꼭대기에서 햇빛을 받으며 거드름을 피우듯 가슴을 앞으로 내밀고 있는 커다란 비둘기 한 마리를 보았다. 쥘리앵은 자리에 멈춰 서서 비둘기를 바라보았다. 그곳의 성벽 틈새에 있던 돌멩이 하나가 우연히 손에 잡혔다. 그가 팔을 휘두르자 새가 돌멩이에 맞아 단번에 해자 속으로 떨어졌다.

그는 서둘러 달려 내려갔다. 가시덤불에 몸이 찢기면서도 활기차게 움직이는 개보다 날렵하게 여기저기를 뒤졌다.

비둘기는 날개가 꺾인 채 쥐똥나무 가지에 걸려 파닥거리고 있었다.

비둘기가 살아 있다는 사실이 아이의 화를 돋우었다. 그는 새의 목을 조르기 시작했다. 새가 경련을 일으키자 그의 가슴이 세차게 두근거렸고, 야생적이고도 격렬한 쾌감에 젖어들었다. 최후 경직이 일어나자 그는 기절할 것만 같았다.

그날 밤 야식을 먹는데, 아버지가 사냥하는 법을 배울 나이가 되었다고 자기 생각을 밝히더니 낡은 책자를 찾아 왔다. 거기에는 질의응답 형식으로 사냥에 관한 모든 정보가 담겨 있었다. 그 책자에서는 개와 매를 길들이는 기술, 덫 놓는 법, 똥을 보고 사슴을, 흔적으로 여우를, 똥을 싸고 덮은 자국을 보고 늑대를 알아내는 기술, 어느 길로 갔는지 분간하며 어떤 방식으로 사냥감을 모는지, 사냥감들의 동굴은 보통 어디 있는지, 어느 방향에서 바람이 불 때 가장 유리한지, 동물 울음소리에는 어떤 것들이 있으며, 사냥한 고기를 사냥개에게 나누어 주는 규칙은 무엇인지를 스승이 제자에게 알려 주고 있었다.

쥘리앵이 이런 것들을 다 외우게 되자, 아버지가 한 무리의 사냥개를 마련해 주었다.

사냥개 중에서 먼저 영양보다 민첩하고 더 쉽게 흥분하는 바르바리아산 그레이하운드 스물네 마리와 붉은 바탕에 흰 점이 박혀 있고 떡 벌어진 가슴에 큰 소리로 짖으며 어떤 상황에서도 믿을 수 있는 브르타뉴산 개 열일곱 쌍이 눈에 띄었다. 곰처럼 털이 난 그리폰종 마흔 마리는 멧돼지가 공격해 오거나 도망치다 역습해 오는 위험한 상황에 대비한 것이었다. 거의 당나귀만큼이나 크고, 털은 불꽃색에 등뼈는 큼지막하고 뒷다리는 곧게 뻗은 타타르 지역의 마스티프종은 들소를 추적하는 용도였다. 스패니얼의 검은 털은 새틴처럼 빛이 났다. 탈보 사냥개가 짖는 소리는 토끼 사냥견 비글이 그러듯 노래하는 것 같았다. 뜰 한쪽에는 알라니 지방의 개 여덟 마리가 으르렁거리며 눈을 부라리고 끈을 흔들어 댔는데, 이 훌륭한 동물들은 기병의 배까지 뛰어오르고 사자도 겁내지 않았다.

이 개들은 모두 밀빵을 먹었고, 석재 물통으로 물을 마셨으며, 이름과 썩 잘 어울렸다.

매 사육장에 있는 매들은 사냥개 무리를 넘어설 만큼 뛰어났다. 성주는 돈을 아끼지 않고 캅카스 지방[15]의 난추니, 바빌로니아의 송골매, 독일의 큰 매, 먼 나라의 차가운 바닷가 절벽 위에서 잡은 매들을 구입했다. 그 매들은 지붕을 짚으로 덮은 헛간에 크기순으로 횃대에 묶어 두었다가 헛간 앞에 있는 잔디밭에 때때로 매들을 풀어 움직이게 했다.

토끼잡이 그물, 낚시, 올가미 등 모든 도구들이 만들어졌다.

종종 사냥개들을 이끌고 들판으로 갔는데 개들은 사냥감을 발견하면 재빨리 멈추어 섰다. 그러면 사냥개 조련사들이 한 발씩 신중하게 나아가 아무 일 없다는 듯 가만있는 사냥감 위로 큰 그물을 조심스럽게 펼쳤다. 명령이 떨어지면 개들이 우렁차게 짖었다. 메추라기들이 날아올랐고, 초대받은 인근의 귀부인들이 남편, 아이들, 하녀들과 함께 그물 위로 뛰어들어 메추라기들을 손쉽게 잡았다.

어떤 때에는 북을 울려 산토끼들이 튀어나오게 만들었다. 함정에 여우가 빠지기도 했고, 용수철이 풀리면서 덫에 늑대가 잡히기도 했다.

그러나 쥘리앵은 이 간단한 방법을 무시하고, 사람들에게서 멀리 떨어진 채 말을 타고 매사냥하기를 더 좋아했다. 그는 거의 항상, 눈처럼 흰 커다란 스키티산 타타르 매를 데리고 갔다. 매의 머리에 두른 가죽띠에는 깃털 장식이 달려 있고 푸른 발에서는 황금 방울이 울렸다. 말이 평원을 빨리 달리는 동안 매는 주인의 팔에 앉아 움직이지 않았다. 쥘리앵이 끈을 풀

---

15   러시아와 터키 사이의 산악 지대로, 흑해와 카스피해 사이에 있다.

어 갑자기 매를 날려 보내면, 매는 대범하게 쏜살같이 하늘로 솟구쳤다. 크고 작은 점 두 개가 선회하다가 뒤엉켜 하나가 되더니 하늘 높은 곳으로 사라졌다. 매는 곧 심하게 훼손된 새를 가지고 내려와 날개를 퍼덕이며 매사냥용 장갑 위에 앉았다.

쥘리앵은 이런 식으로 왜가리, 솔개, 까마귀와 독수리를 사냥했다.

그는 언덕 경사면을 달려가는 사냥개들을 나팔을 불며 쫓아가기를 좋아했고 개울을 뛰어넘고 숲을 올랐다. 사냥개에게 물려 신음하기 시작한 사슴을 재빨리 쓰러뜨렸고, 마스티프종 사냥개가 김이 나는 몸뚱이를 조각내어 미친 듯이 먹어 치우는 모습을 즐겁게 바라보았다.

안개가 짙게 낀 날이면, 그는 늪지 깊은 곳에 숨어 기러기, 수달, 오리 새끼를 엿보았다.

새벽부터 시종 세 명이 계단 아래에서 그를 기다렸다. 늙은 수도사가 채광창으로 몸을 내밀어 그를 불러도 소용이 없었다. 쥘리앵은 돌아보지 않았다. 태양이 따갑게 내리쬐든 비가 오든 폭풍우가 몰아치든 그는 밖으로 나갔고, 손으로 샘물을 떠 마시고 말을 타고 달리며 야생 사과를 먹었다. 피곤하면 떡갈나무 아래에서 휴식을 취했다. 그리고 피와 진흙투성이가 되어 머리에는 가시를 묻히고 몸에서는 야생 동물 냄새를 풀풀 풍기며 한밤중에 돌아왔다. 그는 동물처럼 변했다. 어머니가 안아 줘도 차갑게 받아들일 뿐이었다. 그는 뭔가 다른 것을 심각하게 꿈꾸는 듯했다.

그는 단도로 곰을, 도끼로 황소를, 창으로 멧돼지를 죽였다. 심지어는 달랑 막대기 한 개로 교수대 아래에서 시체를 뜯어먹는 늑대들과 맞섰다.

어느 겨울 아침 마구를 잘 갖추고 어깨에는 강철 활을 메고 안장 앞 테에는 화살통을 매달고 그가 동이 트기 전에 길을 나섰다.

다리 짧은 개 두 마리가 따라오는 가운데, 덴마크산 작은 말의 가지런한 발소리가 땅을 울렸다. 외투에 차가운 얼음이 들러붙었고 바람이 사납게 불었다. 지평선 쪽이 밝아 왔다. 뿌연 새벽빛에 토끼들이 굴 입구에서 폴짝거리는 모습이 보였다. 사냥개 두 마리가 즉시 달려들었고 여기저기서 개들이 토끼들의 등뼈를 날쌔게 물어뜯었다.

곧 그는 숲으로 들어갔다. 꿩 한 마리가 추위에 얼어붙은 듯, 머리를 날개 아래에 파묻고 나뭇가지 끝에 잠들어 있었다. 쥘리앵은 칼등으로 꿩의 두 발을 자르고는 꿩을 줍지도 않고 계속 나아갔다.

세 시간 뒤에는 산 정상에 올랐다. 산이 얼마나 높은지 하늘이 거의 검게 보였다. 자기 앞에는 아래쪽으로 기울어진 바위 하나가 긴 병풍처럼 솟아나 절벽 위에 놓여 있었다. 그 끝에서 야생 염소 두 마리가 아래를 내려다보고 있었다. 화살이 없어서(말을 뒤에 남겨 두었다.) 그는 염소가 있는 곳까지 내려갈 생각을 했다. 신발을 벗은 채 몸을 반쯤 숙이고 마침내 첫 번째 염소 앞에 이르러 그가 염소 옆구리에 단도를 찔러 넣었다. 두 번째 염소는 공포에 질려 허공으로 펄쩍 뛰었다. 쥘리앵은 그 녀석을 잡으려고 몸을 날렸다가 오른발이 미끄러지는 바람에 얼굴은 절벽 아래를 향하고 두 팔을 벌린 채 죽은 염소 위로 넘어졌다.

그는 벌판으로 다시 내려와서 강가에 늘어선 버드나무를 따라갔다. 두루미들이 이따금 아주 낮게 날면서 머리 위를 지나갔다. 쥘리앵은 채찍을 휘둘러 한 마리도 놓치지 않고 다 죽였다.

공기가 미지근해지고 서리가 녹으면서 수증기가 많이 떠돌았다. 태양이 모습을 드러냈다. 저 멀리 굳은 듯 반짝이는 호수가 보였는데 마치 납 같았다. 호수 한가운데에 동물이 한 마리 있었다. 쥘리앵이 모르는 동물이었다. 주둥이가 검은 비버 같았다. 먼 거리였지만 화살을 쏴서 비버를 쓰러뜨렸다. 가죽을 가져올 수 없어 아쉬웠다.

그러곤 큰 나무들이 늘어선 가로수 길로 들어섰다. 나무들의 꼭대기가 맞닿은 모습이 숲 입구에 세워진 개선문 같았다. 노루가 덤불숲에서 뛰어 나왔고, 갈림길에서는 흰 반점 사슴이, 구멍에서는 오소리가 나왔다. 풀밭에서는 공작새가 꼬리를 펼쳤다. 그 짐승들을 모두 죽이자 또 다른 노루, 사슴, 오소리, 공작, 티티새, 어치, 족제비, 여우, 고슴도치, 스라소니 등 수많은 동물들이 그가 발걸음을 옮길 때마다 더 많이 나타났다. 동물들은 부드러우면서도 애원하는 눈길로 몸을 떨며 그의 주위를 맴돌았다. 그렇지만 쥘리앵은 차례차례 강철 활을 팽팽히 당기고 칼을 꺼내들고 단검을 겨누며, 지치지도 않고 모두 해치웠다. 어떤 생각도 들지 않았고 어떤 기억도 나지 않았다. 알지 못하는 어떤 고장에서, 언제부터인지도 모른 채 사냥이라는, 자기 존재에 어울리는 유일한 행위를 하고 있는 것 같았다. 꿈꾸듯 모든 것이 수월하게 이루어졌다. 어떤 특별한 광경을 보고 그가 걸음을 멈추었다. 사슴들이 둥근 계곡에 가득 모여 있었다. 좁은 공간에 빽빽이 몸을 기댄 채 사슴들이 입김으로 서로의 몸을 녹이는데, 안개가 피어오르는 듯했다.

이 사슴들을 몰살하려는 희망에 들끓어 그는 몇 분 동안 쾌감에 숨이 막혔다. 그는 말에서 내린 뒤 소매를 걷어붙이고 활을 쏘기 시작했다.

첫 번째 화살이 날아가는 소리에 사슴들이 한꺼번에 고개를 돌렸다. 사슴들이 모여 있던 자리 여기저기에 빈 곳이 생겼다. 탄식 소리가 고조되었고 큰 움직임이 일면서 사슴 무리가 불안하게 움직였다.

계곡의 둘레는 너무 높아서 뛰어넘을 수가 없었다. 사슴들은 빠져나가려고 계곡 안쪽에서 뛰어다녔다. 쥘리앵은 조준한 뒤 화살을 날렸다. 화살은 폭풍우에서 떨어지는 번개 같았다. 사슴은 미친 듯 날뛰며 서로 부딪히고 뒷발로 일어서서 서로의 몸을 타고 올라갔다. 뿔들이 서로 엉키면서 사슴의 몸들이 커다란 산을 이루었고, 움직이면서 무너져 내렸다.

마침내 사슴들은 콧구멍으로 거품을 흘리며 모래 위에서 죽어 갔다. 내장은 밖으로 삐져나와 있었다. 헐떡이던 배의 움직임도 점차 줄어들었다. 그리고 모든 움직임이 멎었다.

밤이 다가오고 있었다. 숲 뒤쪽, 나뭇가지 사이로 비치는 하늘이 피에 젖은 식탁보처럼 붉었다.

쥘리앵은 나무에 등을 기댔다. 그는 눈을 크게 뜨고 이 엄청난 살육의 현장을 바라보았다. 어떻게 자신이 그리할 수 있었는지 이해할 수 없었다.

계곡의 다른 숲 가장자리에서 수사슴, 암사슴, 새끼 사슴이 눈에 띄었다.

수사슴은 검은색에 엄청나게 몸집이 컸고, 뿔이 열여섯 가지였으며 흰 수염이 나 있었다. 낙엽빛 황금색 암사슴은 풀을 뜯어먹고 있었다. 새끼 사슴은 점박이로, 계속 어미를 따라 걸으며 젖을 빨았다.

또다시 활이 부릉거렸다. 새끼 사슴은 그 자리에서 죽임을 당했다. 그러자 어미 사슴이 하늘을 바라보며 폐부에서 우러나오는 비통한 목소리로, 마치 인간처럼 울부짖었다. 쥘리앵은 화가 나서 어미 사슴의 가슴 한가운데를 단번에 맞춰 땅에 쓰러뜨렸다.

커다란 수사슴이 이를 보고 펄쩍 뛰어올랐다. 쥘리앵은 마지막 남은 화살을 쏘았다. 그 화살은 그대로 날아가 사슴 이마에 박혔다.

커다란 수사슴은 화살 맞은 것을 느끼지 못하는 듯했다. 죽은 사슴들을 건너뛰며 계속 달려들어 뿔로 쥘리앵의 배를 가르려고 했다. 쥘리앵은 이루 말할 수 없을 만큼 겁에 질려 뒷걸음질 쳤다. 그런데 그 경이로운 동물이 걸음을 멈추더니, 멀리서 종이 울리는 동안 눈을 이글거리며 족장처럼 재판관처럼 장엄하게 세 번 말했다.

"저주받을지어다! 저주받을지어다! 저주받을지어다! 잔인한 가슴을 지닌 자여, 언젠가 너는 아버지와 어미니를 죽일 것이다!"

수사슴은 무릎을 꿇더니 천천히 눈을 감고 죽었다.

쥘리앵은 몹시 놀라 어리둥절해졌고, 갑자기 피로에 짓눌렸다. 일종의 혐오감, 큰 슬픔이 밀려들었다. 두 손으로 이마를 감싸고 그는 오랫동안 눈물을 흘렸다.

말은 사라졌고 개들도 그를 버려두고 떠난 후였다. 그를 둘러싼 고독감이 한없이 위험하고 불길하게 느껴졌다. 공포에 떠밀려 그는 벌판을 가로질러 달려갔다. 아무 오솔길이나 되는대로 골랐는데, 곧장 성문에 도착했다.

그날 밤 그는 잠을 이루지 못했다. 걸어 놓은 등잔불이 흔들리는 가운데, 커다란 검은 사슴이 여전히 어른거렸다. 사슴의 예언을 잊을 수가 없었다. 그는 그 예언을 뿌리치려고 몸부림쳤다. '아냐! 아냐! 아냐! 내가 부모님을 죽일 리 없어!' 그러곤 생각했다. '하지만 그러고 싶어지면……?' 혹시 악마가 그런 욕망을 불어넣을까 겁이 났다.

석 달 동안 어머니는 불안해하며 그의 머리맡에서 기도했고, 아버지는 신음을 내뱉으며 계속 복도를 서성거렸다. 이름난 의사들이 초빙되었고 그들은 상당량의 약을 처방해 주었다. 그들 말로는 쥘리앵의 병은 불길한 바람 때문이거나 사랑의 욕망 때문이었다. 그러나 젊은이는 어떤 질문에도 고개를 저었다.

기력이 돌아오자 그는 안뜰에서 산책을 했다. 늙은 수도사와 선한 성주가 그의 양팔을 부축했다.

완전히 회복되자 그는 사냥은 않겠다고 고집을 부렸다.

아버지는 아들의 기분을 돌려 보려고 커다란 사라센 칼을 선물했다.

그 칼을 갑옷 한 벌과 함께 기둥 높은 곳에 걸어 놓았다. 그 칼을 집어 들자면 사다리가 필요했다. 쥘리앵은 사다리에 올라갔다. 칼이 너무 무거워 손에서 놓치고 말았는데, 칼이 떨어지면서 가까이 있던 성주를 스치며 성주의 긴 외투를 잘랐다. 쥘리앵은 아버지를 살해했다고 생각하고 기절하고 말았다.

그때부터 그는 무기를 두려워했다. 칼이 칼집에서 나와 있기만 해도 안색이 창백해졌다. 이런 약한 모습을 보고 그의 가족은 애석해했다.

마침내 늙은 수도사가 하느님과 명예와 선조를 내세우며, 귀족으로서 다시 훈련받으라고 권했다.

시종들이 매일같이 재미 삼아 긴 투창을 다뤘다. 쥘리앵은 투창을 다루는 데에 순식간에 탁월한 능력을 보였다. 그는 좁은 병 주둥이에 투창을 집어넣었고, 풍향계 날개를 깨뜨렸으며, 백 보 떨어진 곳에서 성문의 못들을 맞혔다.

어느 여름 저녁 안개가 끼어 사물들이 불분명하게 보이는 시각이었다. 정원의 포도덩굴 아래에 있는데, 과일나무 높이에서 날갯짓하는 흰 날개 두 개가 그의 눈에 띄었다. 의심의 여지 없이 황새로 보였다. 그가 창을 던졌다.

가슴을 찢는 듯한 비명이 들렸다.

그의 어머니였다. 길게 천을 늘어뜨린 모자가 벽에 박혀 있었다.

쥘리앵은 성에서 도망쳐 다시는 모습을 드러내지 않았다.

2

그는 인근을 지나던 용병 무리에 끼어들었다.

그는 배고픔과 갈증, 열병과 벌레에 시달렸다. 혼전(混戰)에 따른 떠들썩한 소음에도, 죽어 가는 사람들의 모습에도 익숙해졌다. 바람에 그의 피부가 그을렸다. 손발은 무기를 만지느라 거칠어졌다. 그는 아주 강하고 용기 있으며 절제력 있고 신중했기 때문에 어렵지 않게 한 부대의 대장이 되었다.

전쟁이 시작되면 그는 큰 동작으로 칼을 휘둘러 자기 병사들의 마음을 사로잡았다. 그는 연초가 갑옷에서 불타도, 끓는 송진과 납물이 요철 있는 방어벽에서 흘러내려도, 폭풍우에 몸이 뒤흔들리면서도 밧줄에 몸을 묶고 한밤중에 성벽을 기어 올라갔다. 돌에 맞아 방패가 깨지는 일도 잦았다. 사람들의 무게를 견디지 못해 다리가 무너지는 일도 있었다. 곤봉을 휘둘러 기사 열네 명을 물리치기도 했다. 기마 시합장에서는 자신에게 도전하는 사람들을 모두 물리쳤다. 그가 죽었겠거니 생각된 적이 스무 번이 넘었다.

신의 은총을 받아 그는 언제나 죽음에서 빠져나왔다. 성직자들, 고아들, 과부들, 특히 노인들을 보호했기 때문이다. 자기 앞에 걸어가는 노인이 있으면 그는 얼굴을 확인하려고 소리를 질렀다. 잘못해서 죽일까 봐 겁이 났던 것이다.

도망친 노예, 반란을 일으킨 평민, 재산 없는 사생아 등 두려움을 모르는 온갖 사람들이 그의 깃발 아래로 몰려들었다. 군대가 조직되었다.

군대가 커져 갔다. 그는 유명해졌고, 찾는 사람이 늘었다.

그는 프랑스 황태자, 영국 왕, 예수살렘의 성당 기사단, 파르티아 제국의 장군, 에티오피아 국왕, 캘리컷[16] 황제를 차례로 도왔다. 그는 비늘 갑옷을 입은 스칸디나비아 사람들, 붉은 당나귀를 타고 둥근 하마 가죽 방패를 든 흑인들, 호화로운 머리띠 위로 거울보다 깨끗한 커다란 칼을 휘두르는 노란 인도 사람들과 싸웠다. 동굴에 사는 사람들과 식인종도 물리쳤다. 찌는 듯 더운 지역도 건넜는데, 얼마나 더웠던지 태양의 열기에 저절로 불이 붙어 머리카락이 횃불처럼 타올랐다. 다른 지역은 얼마나 추웠던지, 몸에서 팔이 떨어져 나갈 듯했다. 안개가 많이 껴서 유령에 둘러싸여 걷는 것 같은 지역도 있었다.

곤경에 빠진 공화국에서 그의 의견을 물어보곤 했다. 사절들과 회담할 때 기대하지도 않은 계약 조건을 얻어 내기도 했다. 전제 군주의 행실이 몹시 나쁘면 쥘리앵이 갑자기 나타나서 그를 질책했다. 그는 민중을 해방시켰고 탑에 갇힌 왕비들을 구출했다. 밀라노의 뱀과 오베르비르바흐의 용[17]을 죽인

---

16 아라비아해에 면한 인도 도시로 무역항으로 유명하다. 현 지명은 코지코드다.

17 밀라노의 뱀은 중세 전설에서 자주 등장하는 환상 속 뱀이다. 오베르비르바흐의 용은 독일 전설에 나온다.

사람도 다름 아닌 그였다.

한편 스페인 회교도들을 상대로 승리를 거두었던 옥시타니아[18]의 황제가 코르도바 칼리프[19]의 여동생을 첩으로 맞았다. 황제는 그 사이에서 딸을 낳았고 기독교식으로 키웠다. 그런데 칼리프가 개종하는 척하며 호위병을 대서 거느리고 찾아와서는 황제 수비군을 모두 죽이고 지하 감옥 제일 깊은 곳에 황제를 가둔 뒤 보물을 빼앗고자 심하게 다루었다.

쥘리앵은 황제를 도우러 달려와서 이교도 군대를 무찌르고 도시를 포위하여 칼리프를 죽인 후, 머리를 잘라 성벽 너머로 공처럼 집어던졌다. 그리고 황제를 감옥에서 꺼내어, 궁정의 신하가 모두 참석한 가운데 다시 황제의 직위에 올렸다.

그 노고에 대한 감사의 표시로 황제는 여러 바구니에 은을 가득 담아 주었다. 쥘리앵은 받지 않았다. 더 많은 은을 원한다고 생각하고, 황제는 재산 사 분의 삼을 주었다. 다시 거절당하자 황제는 왕국을 나누어 갖자고 말했다. 쥘리앵이 사양하자, 감사를 표할 길이 없던 황제는 안타까운 마음에 울적해졌다. 그러더니 이마를 탁 치고는 신하의 귀에 뭐라고 속삭였다. 장식 융단이 걷히고 아가씨가 한 명 나타났다.

그녀의 검고 큰 눈이 아주 부드러운 두 개의 등불처럼 빛났다. 그녀가 입술을 벌려 매혹적으로 미소 지었다. 긴 머리를 묶은 고리들이 살짝 벌어진 치마의 보석들과 가볍게 부딪혔다. 투명하게 비치는 긴 튜닉 아래 그녀의 젊은 육체가 드러나

---

18   현재 프랑스, 스페인, 이탈리아, 모나코를 포괄하는 지역으로 지중해와 대서양에 이른다.
19   회교국의 통치자.

보였다. 그녀는 매우 귀엽고 통통하며 허리는 날씬했다.

쥘리앵은 지금까지 매우 순결하게 살아왔던 터라 더더욱 사랑에 매혹되었다.

그리하여 그는 황제의 딸과 결혼하고 그녀가 어머니로부터 물려받은 성을 얻었다. 결혼식이 끝나자 여기저기 끝도 없이 인사를 하고 사람들과 헤어졌다.

그 성은 오렌지나무 숲으로 둘러싸인 만 위에 무어풍으로 지어진 흰 대리석 궁전이었다. 꽃이 만발한 테라스가 만의 가장자리까지 내려오고, 만에서는 분홍색 조개가 발자국 아래 부서졌다. 성 뒤로는 숲이 부채 모양으로 펼쳐져 있었다. 하늘은 계속 푸르렀고, 바다의 미풍과 저 멀리 지평선 끝자락을 이루는 산에서 바람이 불어와 번갈아 나뭇가지를 흔들었다.

벽에 상감된 장식들이 어스름한 빛으로 가득 찬 방들을 밝혔다. 동굴의 종유석을 본따 돋을새김으로 장식한 둥근 지붕을 갈대처럼 가느다란 기둥들이 높이 솟아 떠받쳤다.

방 안에 분수가 설치되어 있었고 뜰은 모자이크로 장식되어 있었으며 벽은 꽃무늬로 꾸며졌고 건축 양식은 매우 섬세했다. 얼마나 조용한지 어느 곳에서나 스카프 스치는 소리나 한숨 쉬는 소리가 들릴 정도였다.

쥘리앵은 더 이상 전쟁에 나가지 않았다. 휴식을 취했고 백성에게 둘러싸여 평온하게 지냈다. 매일같이 사람들이 그의 앞을 지나가며 동양식으로 무릎을 꿇고 손에 입을 맞췄다.

보라색 옷을 입고 창틀에 팔꿈치를 괸 채 그는 이전에 사냥하던 일을 생각하곤 했다. 사람이 살지 않는 곳에서 가젤과 타조를 뒤쫓아 달리고, 표범을 잡으러 대숲에 매복하고, 코뿔소 가득한 숲을 가로지르고, 독수리를 잘 겨냥하려고 사람이 올라갈 수 없는 산 정상에 기어오르고, 백곰과 싸우기 위해 바다 빙하에 오르기를 원했을 것이다.

가끔 우리의 아버지 아담처럼 천국 한가운데에서 온갖 동물들과 함께 있는 꿈을 꾸기도 했는데 그는 팔을 뻗어 동물들을 죽였다. 또는 노아의 방주에 들어가던 날처럼 코끼리와 사자부터 시작해서 흰 족제비와 오리에 이르기까지 동물들이 크기에 따라 둘씩 짝을 지어 연이어 지나갔다. 그는 동굴 그늘에서 동물들에게 투창했고 실수하는 법이 없었다. 그러면 다른 동물들이 나타났다. 그런 꿈이 끝도 없이 이어졌다. 그는 눈알을 사납게 굴리며 깨어났다.

친한 제후들이 사냥에 초대했지만 그는 항상 사양했다. 이런 식으로 금욕함으로써 불행을 피할 수 있으리라 믿었던 것이다. 그에게는 부모님의 운명이 동물들을 죽이느냐 마느냐 여부에 달려 있는 것 같았다. 부모님을 보지 못하는 것도 괴로웠지만, 사냥하고 싶은 욕구는 참을 수 없을 지경이었다.

그의 부인은 기분을 전환시켜 주려고 곡예사와 무용수를 불렀다.

그녀는 덮개 없는 가마를 타고 그와 함께 들판을 돌아다녔다. 작은 배의 뱃전에 누워, 하늘처럼 맑은 물속에서 물고기들이 한가로이 헤엄치는 것도 여러 번 보았다. 종종 그녀는 그의 얼굴에 꽃을 던졌다. 그의 발치에 쪼그리고 앉아 현이 세 개 있는 만돌린으로 여러 곡을 연주하기도 했다. 그리고 그의 어깨에 두 손을 모아 얹고는 조심스럽게 물었다. "전하, 무슨 일이세요?"

그는 대답하지 않거나 흐느껴 울었다. 마침내 어느 날 그는 자신을 괴롭히는 끔찍한 생각을 털어놓았다.

그녀는 매우 논리적으로 이치를 따져 가며 그 생각에서 잘못된 점들을 지적했다. 그의 부모님은 어쩌면 이미 돌아가셨을지도 모른다. 당신이 부모님을 다시 만난다 해도, 어떤 우연으로 어떤 목적으로 그런 혐오스러운 행동을 하겠는가? 두려워할 이유가 없으니 다시 사냥을 해도 좋을 듯하다.

쥘리앵은 그녀의 말을 듣고 미소를 지었지만 욕망을 충족해야겠다는 마음은 들지 않았다.

8월 어느 날 저녁 그들이 침실에 있을 때였다. 그녀는 막 잠자리에 누웠고, 그는 무릎을 꿇고 기도를 드리고 있었다. 그때 여우가 낑낑대는 소리가 들리고, 이어 창문 아래로 가볍게 뛰어가는 소리가 들려왔다. 어둠 속에서 동물의 형체가 얼핏 눈에 들어왔다. 너무나 강렬하고 유혹적이었다. 그는 화살통을 꺼냈다.

그녀는 깜짝 놀란 것 같았다.

"당신 말을 따르기 위함이오! 해 뜰 무렵에 돌아오겠소." 그가 얘기했다.

그러나 그녀는 불길한 일이 일어나지 않을까 두려웠다.

그가 그녀를 안심시키고 밖으로 나갔다. 자기 마음이 쉽사리 바뀐 것이 놀라웠다.

얼마 안 되어 시동이 와서 낯선 사람 두 명이 성주님이 안 계시면 부인이라도 즉시 뵙기를 청한다고 알렸다.

곧이어 허리는 굽고 먼지투성이에 삼베옷을 입은 늙은 남자와 여자가 각자 지팡이에 의지한 채 방에 들어섰다.

그들은 용기를 내어 쥘리앵 부모의 소식을 전하러 왔다고 말했다.

그녀는 몸을 숙이고 그들의 말을 주의 깊게 들었다.

그들은 눈짓을 주고받더니 쥘리앵이 여전히 부모님을 사랑하는지, 때때로 부모님에 대해 이야기하는지 그녀에게 물었다.

"오! 그럼요!" 그녀가 대답했다.

그러자 그들이 소리쳤다.

"그렇군! 우리가 바로 부모라네!" 기력이 매우 떨어진 데다 피로에 지쳐 그들은 자리에 앉았다.

젊은 부인으로서는 남편이 그들의 아들임을 확인할 방법이 없었다.

그들은 아들의 몸에 있는 특징들을 묘사함으로써 그 증거를 댔다.

그녀는 침대 밖으로 뛰다시피 내려와 시동을 불러 식사를 대접하게 했다.

배가 몹시 고팠지만 그들은 거의 먹지 않았다. 그녀는 좀 떨어진 곳에서 그들이 잔을 잡을 때 뼈만 앙상하게 남은 손이 떨리는 모습을 지켜보았다.

그들은 쥘리앵에 대해 많은 것을 물어보았다. 그녀는 그 질문에 일일이 대답했지만 그들과 관계된 불길한 생각에는 애써 침묵을 지켰다.

쥘리앵이 돌아오지 않자 그들은 자신들의 성을 버리고 길을 떠났다. 몇 년 동안 막연한 정보밖에 없었지만 그들은 희망을 잃지 않고 돌아다녔다. 강을 건너며 통행료를 내고 숙박비며 제후들에게 세금도 내고 또 도둑들한테 털려서 무일푼이 되었고, 이제는 구걸하는 신세였다. 하지만 그게 대수겠는가, 이제 곧 아들을 껴안게 될 텐데? 그들은 이처럼 친절한 아내를 얻은 아들의 행운에 흥분하여 지치지도 않고 며느리를 바라보며 입을 맞추었다.

저택이 화려해서 그들은 매우 놀랐다. 노인이 벽을 주의 깊게 바라보더니 왜 벽에 옥시타니아 황제의 문장(紋章)이 있느냐고 물었다.

그녀가 대답했다.

"제 아버지세요!"

그러자 집시의 예언을 떠올리며 그가 몸을 떨었다. 늙은 부인은 은자의 말을 떠올렸다. 지금 아들의 영광은 영원한 광채를 알리는 전조에 불과할 거야. 식탁을 밝히는 촛대의 불빛 아래에서 둘 다 놀란 나머지 입을 다물지 못했다.

그들은 젊었을 때 매우 아름다웠음이 틀림없었다. 앞가르마를 한 어머니의 섬세한 머리카락은 아직도 빠지지 않고 흰 눈이 내려앉은 것처럼 뺨 아래쪽으로 풍성하게 내려와 있었다. 아버지는 키가 크고 수염을 길게 길러 성당에 세워진 동상처럼 보였다.

쥘리앵의 아내가 그들에게 아들을 기다리지 말고 주무시라고 권했다. 그녀가 손수 그들을 남편의 침대에 눕히고, 십자형 유리창을 닫았다. 그들은 잠이 들었다. 새벽이 밝아오면서 스테인드글라스 뒤로 작은 새들이 노래하기 시작했다.

쥘리앵은 정원을 가로질러 나간 후, 부드러운 잔디와 감미로운 공기를 즐기며 활기차게 숲을 걸어갔다.

이끼 위로 나무 그림자가 드리워져 있었다. 때때로 달빛에 비쳐 숲의 공터에 희끄무레한 자국이 생겼다. 물웅덩이가 있지 않을까 하는 생각이 들어 앞으로 나아가기가 망설여지기도 했다. 또는 잔잔한 늪지의 표면이 풀빛과 혼동되기도 했다. 어딜 가도 소리 하나 없이 조용했다. 몇 분 전에 성 수위를 돌아다니던 동물들은 한 마리도 찾아볼 수 없었다.

숲이 울창해지면서 어둠이 깊어졌다. 갖가지 부드러운 냄새로 가득 찬 뜨거운 바람이 불어왔다. 그는 낙엽 더미 속으로 들어가 떡갈나무에 몸을 기대고 잠시 숨을 가다듬었다.

갑자기 등 뒤에서 어둠보다 시커먼 덩어리 같은 것이 뛰어올랐다. 멧돼지였다. 활을 잡을 겨를이 없었다. 불행이라도 닥친 것처럼 마음이 아팠다.

그런 후에 숲에서 나오자 울타리를 따라 달려가는 늑대 한 마리가 눈에 띄었다.

쥘리앵이 늑대에게 활을 쏘았다. 늑대가 멈춰 서서 고개를 돌려 그를 바라보다가 다시 제 갈 길을 갔다. 늑대는 같은 거리를 유지하며 종종걸음 쳤고, 이따금 멈추었다가도 그가 겨냥을 하면 바로 다시 도망치기 시작했다.

쥘리앵은 이런 식으로 끝없이 펼쳐진 벌판과 모래 언덕을 지나갔다. 그러고는 마침내 그 넓은 지역을 굽어보며 우뚝 솟은 고원에 이르렀다. 폐허가 된 무덤들 사이로 평평한 돌이 여기저기 널려 있었다. 죽은 사람들의 해골에 걸려 넘어질 뻔하기도 했다. 벌레 먹은 십자가들이 비참하게 기울어져 있었다. 그러나 무덤 사이 희미한 그림자 속에서 어떤 형체들이 움직이는 것 같더니 완전히 질겁한 하이에나들이 헐떡거리며 갑자기 나타났다. 평석에 발톱 긁히는 소리를 내면서 하이에나들이 다가와서는 어금니를 드러낼 정도로 하품하면서 냄새를 킁킁 맡았다. 그가 칼을 빼 들었다. 하이에나들은 뿔뿔이 흩어져 계속 발을 절면서 서둘러 뛰어가더니 저 멀리 파도치는 먼지 속으로 사라졌다.

한 시간 후 그는 협곡에서 뿔을 앞세우고 발로 모래를 긁어 대는 잔뜩 성난 황소 한 마리와 마주쳤다. 쥘리앵은 목 아래를 겨냥하여 창을 찔렀다. 황소가 청동으로 만들어지기라도 한 듯 창이 부러졌다. 그는 눈을 감고 죽음을 기다렸다. 그가 눈을 떴을 때 황소는 사라지고 없었다.

이내 수치심으로 그는 의기소침해졌다. 자신보다 우월한 권능이 힘을 없애 버린 것이다. 집으로 돌아가기 위해 그는 숲으로 들어섰다.

덩굴이 엉켜 있어서 그는 칼로 덩굴을 잘라냈다. 그때 흰 족제비가 갑자기 그의 다리 사이로 미끄러지듯 지나갔고, 표범이 그의 어깨 위로 풀쩍 뛰어 넘어갔으며, 뱀이 물푸레나무를 소용돌이 모양으로 감으며 올라갔다.

무성한 나뭇잎 속에서 흉측하게 생긴 갈까마귀가 쥘리앵을 지켜보았다. 여기저기 나뭇가지 사이로 큰 불꽃이 번쩍이며 수없이 나타났다. 마치 하늘에 있는 별들이 전부 숲에 쏟아져 내린 것 같았다. 살쾡이, 고양이, 다람쥐, 부엉이, 앵무새, 원숭이 등 동물들의 눈들이었다.

쥘리앵은 동물들에게 활을 쏘았다. 깃털을 단 화살들은 마치 흰나비처럼 나뭇잎에 내려앉았다. 그는 돌을 던졌다. 돌은 아무것도 맞추지 못하고 다시 떨어졌다. 그는 싸우기라도 하면 좋겠다고 스스로를 증오했고, 저주의 말을 외치며 치미는 분노를 억눌렀다.

그가 쫓아다녔던 동물들이 모습을 드러내더니 좁은 원을 이루며 그를 둘러쌌다. 어떤 동물은 엉덩이를 깔고 앉아 있었고, 어떤 동물은 몸을 그대로 드러내고 서 있었다. 그는 공포심에 몸이 얼어 꼼짝할 수 없는 상태로, 동물들 한가운데에 있었다. 힘을 있는 대로 그러모아 한 걸음 옮겼다. 나무 위에 앉아 있던 새들이 날개를 펼쳤고, 땅에 있던 동물들도 발걸음을 옮겼다. 모두 그를 따라왔다.

하이에나가 앞에서 걸어가고 늑대와 멧돼지가 그를 뒤따랐다. 그의 오른쪽에서는 황소가 머리를 끄덕였고 왼쪽에서는 뱀이 풀 속을 물결치듯 기었다. 표범은 등을 둥글게 구부리고 살금살금 보폭을 넓히며 나아갔다. 쥘리앵은 동물들을 자극하지 않으려고 가능한 한 천천히 걸었다. 수풀 깊은 곳에서 고슴도치, 여우, 살무사, 자칼, 곰이 나오는 모습이 보였다.

쥘리앵이 달리기 시작하자 동물들도 달렸다. 뱀은 쉭쉭 소리를 냈고 악취 나는 동물들이 침을 흘렸다. 멧돼지의 뿔이 뒤꿈치를 스쳤고 늑대 주둥이에 난 털이 손바닥을 스쳤다. 원숭이는 인상을 찡그리며 그를 꼬집었다. 흰 족제비가 발 위로 지나갔다. 곰은 발등으로 툭 쳐서 모자를 벗겼다. 표범은 거만한 태도로 입에 물었던 화살을 떨어뜨렸다.

동물들의 교활한 행동에는 조롱기가 엿보였다. 곁눈질로 그를 관찰하면서 동물들은 어떻게 복수할지 계획을 짜는 듯했다. 곤충들이 붕붕거리는 소리에 귀가 멍해지고 새들의 꼬리로 얻어맞고 동물들의 입김에 질식할 듯하여, 그는 팔을 늘어뜨리고 맹인처럼 눈을 감고 걸었다. 부디 살려 달라고 외칠 힘조차 없었다.

닭 울음이 공중에 울려 퍼졌다. 다른 닭들이 화답하며 울었다. 날이 밝았다. 오렌지숲 너머로 성의 꼭대기가 보였다.

세 걸음밖에 안 떨어진 들판 가장자리의 짚단에서 날갯짓하는 붉은 메추라기들이 보였다. 그는 외투의 단추를 풀러 메추라기들 위로 외투를 그물처럼 던졌다. 확인해 보니 새는 단한 마리밖에 없었다. 그것도 오래전에 죽어 썩어 있었다.

다른 때보다도 이번에 실망하게 되어 더욱 화가 치밀었다. 살의가 다시 그를 사로잡았다. 동물이 없다면 사람이라도 죽이려 들었을 것이다.

그는 테라스를 세 개 올라가 주먹으로 문을 두드려 부쉈다. 그러나 계단 아래에 이르자 사랑하는 아내에 대한 생각에 마음이 누그러졌다. 그녀는 잠들어 있겠지. 그녀를 깜짝 놀래고 싶었다.

샌들을 벗고 그는 소리 나지 않게 자물쇠를 돌리고 안으로 들어갔다.

납을 먹인 스테인드글라스 때문에 희미한 새벽빛이 더 어두워 보였다. 쥘리앵은 바닥에 떨어져 있는 옷에 발이 걸렸다. 조금 나아가자 아직 그릇들이 놓여 있는 식기대에 몸이 부딪혔다. "그녀가 식사를 한 모양이군." 그가 중얼거렸다. 어두운 방구석에 외따로 놓인 침대 쪽으로 다가갔다. 아내에게 키스를 하려고 침대 옆에 이르러 베개에 몸을 숙였다. 그 베개에는 머리 두 개가 서로 가까이 놓여 있었다. 자기 입에 수염이 닿는 느낌이 들었다.

그는 뒷걸음질했다. 미칠 것만 같았다. 그렇지만 다시 침대 옆으로 갔다. 손가락으로 더듬어 보니 아주 긴 머리카락이 만져졌다. 오해였음을 확인하기 위해 그가 다시 천천히 손을 내려 베개를 쓸어 보았다. 이번에는 분명해. 수염이야. 남자야! 외간 남자가 아내와 잠들어 있는 거야!

터무니없을 정도로 분노가 터져 나오면서 그는 그들에게 뛰어올라 단도를 휘둘렀다. 맹수처럼 울부짖으며 그는 몹시 화를 내고 발을 굴렀다. 그리고 행동을 멈췄다. 죽은 자들은 심장이 찔려 움직이시 않았나. 그는 헐떡거리는 소리를 수의 깊게 들었다. 두 사람이 내는 소리가 거의 똑같았다. 헐떡이는 소리가 잦아들면서 아주 멀리서 또 다른 소리가 들려왔다. 처음에는 정확하지 않았지만, 오랫동안 내지르는 하소연하는 듯한 그 목소리가 점점 다가오고 커지더니 냉혹한 소리로 변했다. 커다란 검은 수사슴이 내는 긴 울음소리임을 깨닫고 그는 공포에 사로잡혔다.

몸을 돌리자, 문턱에 아내의 유령이 손에 횃불을 들고 서 있는 모습이 보이는 듯했다.

떠들썩한 살해의 소리에 이끌려 그녀가 온 것이다. 죽 둘러보고 그녀는 모든 것을 알아차렸다. 공포에 사로잡혀 달아나면서 그녀는 횃불을 떨어뜨렸다.

그가 횃불을 집어 들었다.

자신의 아버지와 어머니가 가슴에 구멍이 뚫린 채 눈앞에 똑바로 누워 있었다. 위엄 있고 온화한 그들의 얼굴은 영원한 비밀을 간직한 듯했다. 그들의 흰 육체 사이에, 침대보 위에, 바닥에, 침실에 걸어 놓은 상아로 된 예수상 위에 핏자국이 튀거나 고인 상태로 넓게 퍼져 있었다. 그때 스테인드글라스에 햇살이 부딪혀 진홍색 반사광이 붉은 핏자국을 밝게 비추면서 저택 전체에 핏자국을 더 많이 튀겨 놓는 것 같았다. 쥘리앵은 죽은 두 사람 쪽으로 걸어가며, 이럴 수는 없다고, 잘못 알았다고, 설명할 수 없을 정도로 비슷해 보이는 경우가 가끔 있다고 혼잣말을 하며 그렇게 믿고 싶어 했다. 이윽고 노인을 자세히 들여다보기 위해 가볍게 몸을 숙였다. 아직 완전히 닫히지 않은 눈썹 사이로, 빛이 꺼져 버린 눈동자가 보였다. 그 눈동자가 불처럼 그를 태웠다. 그러곤 침대의 다른 쪽으로 향했다. 거기에는 다른 시체가 있었다. 흰 머리카락이 얼굴 일부를 가리고 있었다. 쥘리앵은 머리카락 아래로 손을 넣어 머리를 들어올렸다. 뻣뻣해진 손으로 머리를 받쳐 들고 다른 손으로는 횃불을 밝혀 그 얼굴을 지켜보았다. 매트에서 스며 나온 피가 한 방울씩 바닥에 떨어졌다.

해 질 무렵 그는 아내 앞에 모습을 드러냈다. 그리고 평소와는 다른 목소리로, 자기 말에 대답하거나 다가오지 말고, 쳐다보지도 말아 달라고 요구했다. 그리고 명령을 내릴 텐데, 그 명령은 되돌릴 수 없고 따르지 않으면 저주받을 테니 따라 줄 것을 청했다.

장례는 시체들이 놓인 방 기도대 위에 적어 둔 지침에 따라 치러 달라고 했다. 그는 자신의 성, 봉신들, 모든 재산을 그녀에게 맡겼다. 심지어 자신이 지금 입은 옷과 층계 위쪽에 남겨 둔 샌들조차 간직하지 않았다.

그녀는 그의 범죄를 유발함으로써 신의 뜻을 따른 셈이었나. 그리고 그의 영혼을 위해 기도를 해야 했다. 왜냐하면 이제 그는 더 이상 존재하지 않기 때문이었다.

성에서 사흘 걸리는 거리에 있는 수도원의 성당에서 성대하게 장례가 치러졌다. 두건을 내려 쓴 수도사가 다른 사람들과 멀리 떨어져 장례 행렬을 따라갔다. 아무도 감히 그에게 말을 걸지 않았다.

미사 드리는 동안 그는 성당 문 한가운데에서 팔을 십자가 모양으로 벌리고 머리는 먼지에 처박은 채 엎드려 있었다.

매장 후 산으로 난 길로 접어드는 그의 모습이 눈에 띄었다. 그는 여러 번 몸을 돌려 돌아보더니 마침내 사라졌다.

3

그는 고향을 떠나 세상을 떠돌며 구걸로 생계를 유지했다.

길에 있는 기사들에게 손을 내밀었고, 수확하는 사람에게 무릎을 꿇고 다가갔다. 안뜰을 둘러싼 울타리 앞에서 꼼짝 않고 서 있기도 했다. 그의 얼굴이 얼마나 쓸쓸한지 적선을 거절하는 사람은 없었다.

겸허한 마음으로 그는 제 이야기를 했다. 그러면 모두 성호를 그으며 도망쳤다. 한번 지나갔던 마을에 그가 다시 나타났다는 사실이 알려지면 사람들은 문을 닫아걸고 위협적인 말을 내뱉으며 돌을 던졌다. 몹시 자비로운 사람들조차 창문가에 사발 하나를 내놓고 덧창을 닫은 채 그를 쳐다보지도 않았다.

사방에서 냉대를 받자 그는 사람을 멀리했다. 뿌리와 풀, 떨어진 과일, 모래사장을 따라가며 찾아낸 조개를 먹었다.

때로 언덕을 돌아가면 다닥다닥 복잡하게 붙어 있는 지붕들, 석조 첨탑들, 다리들, 탑들, 교차하는 어두운 거리들이 눈 아래에 펼쳐져 있었다. 거기에서 나는 웅성거리는 소리가 계속해서 그에게까지 들려왔다.

다른 사람들의 삶에 섞이고 싶은 욕구에 도시로 내려가기도 했지만 사람들의 짐승 같은 표정과 여러 작업장에서 나는 떠들썩한 소리, 무관심한 말들에 그의 마음은 차갑게 얼어붙곤 했다. 축제 기간 동안 성당에서 울리는 종소리에 새벽부터 온 주민이 기쁨에 들떠 있을 때, 그는 집에서 나와 광장에서 춤을 추고 사거리에서 맥주를 마시는 주민들과 제후의 집 앞에 쳐 놓은 천막을 지켜보았다. 저녁이면 1층 창문 너머로 노인들이 아이들을 안아 무릎에 앉힌 긴 가족 식탁을 엿보았다. 흐느낌으로 숨이 막혔다. 그는 들판으로 돌아갔다.

그는 솟구치는 애정을 품고 목장의 망아지들, 둥지에 있는 새들, 꽃 위에 있는 곤충들을 지켜보았다. 그가 다가가면 그것들은 모두 멀리 달아났고 깜짝 놀라서 몸을 숨기거나 재빨리 날아가 버렸다.

그는 인적이 드문 곳을 찾아다녔다. 그러나 바람에 실려 단말마 같은 임종 소리가 들려왔다. 땅에 떨어지는 이슬방울은 그에게 더 무거운 핏방울을 환기했다. 내일 저녁 태양은 구름 속에 피를 펼쳐 놓았다. 그는 매일 밤 부모를 죽인 꿈을 다시 꾸곤 했다.

그는 뾰족한 쇠를 엮어 거친 옷을 만들어 입었다. 언덕 꼭대기에 작은 성당이 있으면 빠뜨리지 않고 두 무릎으로 기어올라갔다. 그러나 용서받지 못하리라는 생각에 영성체의 은총을 받지 못했고 속죄의 고행 중에도 큰 고통을 받았다.

그는 그런 행위를 하도록 벌을 내린 하느님에게 반항하진 않았지만, 그런 행동을 한 자신에게는 절망했다.

스스로 자신을 얼마나 공포스럽게 여겼던지, 자신으로부터 해방되기를 소망하면서 그는 위험을 찾아 모험에 나섰다.

그는 화재 현장에서 중풍 환자들을 구했고 소용돌이에 빠진 아이들을 구했다. 깊은 심연도 그를 도로 토했고 불길도 그에게 해를 입히지 못했다.

시간이 흘러도 고통은 줄어들지 않았다. 참을 수 없이 고통스러워서 그는 죽을 결심을 했다.

어느 날 그는 샘물가에 있었다. 얼마나 깊은지 알아보려고 그 위로 몸을 숙였는데, 자기 앞으로 뼈만 앙상한 노인이 흰 수염을 늘어뜨리고 나타났다. 그 모습이 어찌나 애처로운지 눈물을 참을 수 없었다. 그 노인 또한 눈물을 흘렸다. 자기 모습을 알아보지 못한 채, 쥘리앵은 그 모습과 닮은 어떤 얼굴을 희미하게 떠올렸다. 그가 비명을 질렀다. 그것은 아버지의 모습이었다. 그는 더 이상 자살할 생각을 하지 않았다.

이렇게 추억의 무게를 견디며 그는 많은 나라를 떠돌았다. 그러다가 물살이 급하고 강기슭에 진흙이 넓게 펼쳐있어서 건너기 위험한 강가에 이르렀다. 그 강을 건너려는 사람이 없어진 지 오래였다.

진흙에 파묻힌 낡은 나룻배 한 척이 갈대 사이로 뱃머리를 내밀고 있었다. 그 배를 살펴보다가 쥘리앵은 노 두 개를 찾아냈다. 제 삶을 타인에게 바치자는 생각이 들었다.

그는 물길까지 내려갈 수 있도록 우선 강둑에 둔덕을 만들기 시작했다. 커다란 돌덩어리를 옮기느라 손톱이 부러졌고, 자기 배에 대고 돌을 밀다가 진흙에서 미끄러지는 바람에 빠져 죽을 뻔한 적도 여러 번이었다.

그러고 나서 배의 잔해를 모아 배를 수선했다. 자신을 위해서는 점토와 나무줄기로 오두막집을 만들었다.

통행로가 알려지자 여행자들이 나타났다. 그들이 반대편

강가에서 깃발을 흔들며 부르면, 쥘리앵은 서둘러 배에 올랐다. 짐 실은 가축을 제외하더라도, 무게가 다양한 온갖 짐들을 지나치게 많이 실은 탓에 나룻배가 매우 무거웠다. 겁이 난 가축들이 뒷발질을 하는 바람에 혼란이 가중되었다. 그는 수고료를 받지 않았다. 배낭에서 먹고 남은 음식을 꺼내 주거나 더이상 입지 않는 아주 낡은 옷들을 건네주는 사람도 있었다. 거친 사람들은 모욕적인 말을 퍼부었다. 쥘리앵이 애정으로 누차 달래 보아도 그들은 욕설로 대꾸했다. 그는 신의 가호를 비는 것으로 만족하고 그만두었다.

그가 가진 가구라고는 작은 식탁, 나무 의자, 낙엽을 깔아 놓은 침대, 진흙으로 만든 작은 잔 세 개가 전부였다. 벽에 뚫린 구멍 두 개가 창문 역할을 했다. 한편에는 황량한 벌판이 끝없이 펼쳐져 있고 여기저기 어렴풋이 늪지가 보였다. 앞에 흐르는 큰 강에서는 푸르른 물결이 넘실거렸다. 봄에는 축축이 젖은 땅에서 썩는 냄새가 났다. 그러고 나면 바람이 마구 불어 먼지 회오리가 일었다. 실내도 먼지투성이가 되고 식수도 흙탕물이 되어 입에서 서걱거리는 소리가 났다. 시간이 더지나면 모기떼가 구름처럼 몰려들어, 밤낮으로 그치지 않고 앵앵거리며 물어 댔다. 그러고 나서 사물을 돌처럼 딱딱하게 만드는 견딜 수 없는 추위가 닥쳐서 미칠 정도로 고기가 먹고 싶어졌다.

쥘리앵이 사람 한 명 보지 못한 채 여러 달이 흘렀다. 기억으로나마 젊었던 시절로 돌아가 보려고 그는 종종 눈을 감았다. 계단 위의 사냥개들과 더불어 성의 안뜰이 떠오르고, 무기고에 있는 하인들, 포도 덩굴을 올린 반원형 천장 아래 모피를 두른 노인과 커다란 원뿔형 모자를 쓴 부인 사이에 있는 금발

소년이 떠올랐다. 갑자기 시체 두 구가 거기에 있었다. 그는 침대에 엎드려 눈물을 흘리며 되풀이했다. "아! 불쌍한 아버지! 불쌍한 어머니! 불쌍한 어머니!" 그러다 얼핏 잠들었지만 죽음의 환영은 이어졌다.

어느 날 밤 자고 있는데 누군가 자신을 부르는 소리가 들렸다. 귀를 기울여 보아도 거칠게 물결치는 소리밖에 들리지 않았다.

그런데 똑같은 목소리가 또 들려왔다.

"쥘리앵!"

건너편 강가에서 들려오는 소리였다. 강폭으로 미루어 볼 때 놀라운 일이었다.

부르는 소리가 세 번째 들려왔다.

"쥘리앵!"

이 커다란 목소리의 음조는 성당 종소리와 같았다.

초롱에 불을 밝히고 그는 오두막집 밖으로 나갔다. 미친 듯한 폭풍우가 밤을 가득 채우고 있었다. 여기저기 솟구치는 흰 물결에 칠흑 같은 어둠이 찢겨 나가는 것 같았다.

잠시 망설인 끝에 쥘리앵은 밧줄을 풀었다. 물결이 곧 잔잔해지고 배는 강 위를 미끄러지듯 나아가 반대편 강둑에 닿았다. 누군가가 기다리고 있었다.

넝마로 몸을 가린 그의 얼굴은 석고 마스크처럼 하얗고, 두 눈은 숯불보다 형형했다. 초롱불을 가까이 비추어 보니 흉측한 나병이 전신을 뒤덮고 있었다. 그러나 사내의 태도에는 왕의 위엄이 서려 있었다.

그가 올라타자마자 나룻배가 무게를 이기지 못하고 믿기

지 않을 정도로 가라앉았다가 한번 흔들리더니 다시 떠올랐다. 쥘리앵은 노를 젓기 시작했다.

노를 저을 때마다 밀려오는 파도에 나룻배의 앞부분이 처들렸다. 잉크보다 검은 파도가 뱃전으로 격렬히 흘러왔다. 강물은 깊은 구렁을 만들기도 하고 높은 산을 만들기도 했다. 작은 배는 높이 솟구치기도 하고 깊은 곳으로 내려가 바람에 요동치며 빙빙 돌기도 했다.

쥘리앵은 몸을 숙인 채 양팔을 뻗고 발을 버팀목 삼아 버티다가, 더 힘을 내기 위해 허리를 뒤틀어 몸을 젖혔다. 우박이 손을 때렸고 등에서는 빗물이 흘러내렸다. 거세게 부는 바람에 숨이 막혔다. 그가 노 젓기를 멈췄다. 그러자 나룻배는 물결치는 대로 휩쓸려 떠내려갔다. 그러나 노 젓는 게 그가 거역해서는 안 될 중요한 명령임을 깨닫고 다시 노를 잡았다. 외쳐 대는 듯한 폭풍우 소리가 놋좆이 삐걱대는 소리에 끊기곤 했다.

작은 초롱불이 쥘리앵 앞에서 빛을 밝혔다. 새들이 날갯짓을 하며 이따금 초롱불을 가렸다. 그러나 배 뒤편에 기둥처럼 꼼짝 않고 선 나환자의 눈동자는 여전히 알아볼 수 있었다.

그리고 그러한 일이 오래, 아주 오래 지속되었다!

그들이 오두막집에 이르자 쥘리앵은 문을 닫았다. 쥘리앵은 나환자가 나무 의자에 앉는 모습을 바라보았다. 수의 같은 옷이 엉덩이께까지 내려와 있었다. 그의 어깨, 가슴, 비쩍 마른 팔은 비늘 같은 오돌토돌한 딱지에 덮여 있었다. 그의 이마에는 굵은 주름이 잡혀 있었다. 코가 있어야 할 자리에는 해골처럼 구멍이 나 있었고 푸르스름한 입술에서는 안개처럼 짙고 구역질 나는 입김이 나왔다.

"배가 고프군!" 그가 말했다.

쥘리앵은 갖고 있던 오래된 비곗덩어리와 검은 빵 부스러기를 주었다.

그가 탐욕스레 먹어 치우자 식탁, 사발, 칼자루에는 그의 몸에서 본 것과 똑같은 딱지들이 떨어져 있었다.

그러고 나서 그가 말했다. "목이 마르군!"

쥘리앵은 단지를 찾으러 갔다. 단지를 집어 들자 단지 안에서 마음과 코를 시원하게 만드는 향기로운 냄새가 풍겨 왔다. 포도주였다. 생각지도 않은 것이었다! 그러나 나환자가 팔을 뻗어 단숨에 단지를 비웠다.

그러곤 말했다. "추워!"

쥘리앵은 양초로 오두막집 중간에 있는 고사리 묶음에 불을 붙였다.

나환자가 와서 몸을 녹였다. 쪼그리고 앉더니 사지를 떨었다. 기력이 떨어져 갔다. 눈에서는 광채가 사라졌고, 짓무른 상처에서는 농액이 흘렀다. 거의 죽어 가는 목소리로 그가 중얼거렸다. "너의 침대를!"

쥘리앵은 그를 도와 천천히 침대까지 데려간 뒤, 나룻배의 돛까지 가져와 덮어 주었다.

나환자는 신음을 냈다. 그의 입에서는 이가 드러났고, 단말마의 신음이 점점 빨라지며 가슴이 들썩였다. 숨 쉴 때마다 배가 등뼈 있는 데까지 움푹 팼다.

그가 눈을 감았다.

"얼음이 박힌 것처럼 뼛속까지 차가워! 가까이 오게."

쥘리앵은 천을 들추고 낙엽 위에 누운 나환자 옆에 나란히 누웠다.

나환자가 고개를 돌렸다.

"네 온기를 느낄 수 있게 옷을 벗어!"

쥘리앵은 옷을 벗었다. 태어날 때처럼 벌거벗고 다시 침대에 들어갔다. 허벅지에 나환자의 피부가 느껴졌다. 뱀보다 차갑고 굵은 쇠줄보다 거칠었다.

쥘리앵은 용기를 북돋워 주려고 애썼다. 나환자가 헐떡이며 대답했다.

"아! 죽을 것 같아! ……다가와서 나를 데워 줘! 손으로 말고! 아니! 네 온몸으로!"

쥘리앵은 나환자의 몸 위로 올라가, 입술에는 입술을 대고 가슴에는 가슴을 붙이고 온몸을 펼치고 누웠다.

그러자 나환자가 쥘리앵을 껴안았다. 나환자의 눈이 갑자기 별처럼 반짝였고 머리카락이 햇살처럼 길게 늘어났다. 그의 콧구멍에서 나오는 숨결에서 부드러운 장미향이 났다. 아궁이에서 향이 구름처럼 피어올랐고 물결은 노래했다. 넘치는 열락, 초인간적인 즐거움이 황홀경에 빠진 쥘리앵의 영혼 속으로 범람하는 물처럼 밀려 들어왔다. 쥘리앵을 꼭 껴안은 나환자의 몸이 커지고 또 커지더니, 그의 머리와 발이 오두막집 양쪽 벽에 닿았다. 지붕은 날아가고, 창공이 펼쳐져 있었다. 자신을 천국으로 데려가는 우리의 구세주 예수님을 마주 바라보며 쥘리앵은 푸른 공간을 향해 올라갔다.

이는 우리 고장 대성당의 스테인드글라스에 그려져 있는 구호 성자 쥘리앵에 관한 이야기를 거의 그대로 옮긴 것이다.

헤로디아

1

마케루스 성채[20]는 사해 동쪽, 원추형 현무암 산봉우리에 세워져 있었다. 깊은 계곡 네 개가 성채를 둘러쌌는데, 두 개는 양옆에, 하나는 앞쪽에, 네 번째 것은 뒤쪽에 있었다. 울퉁불퉁한 땅을 따라 구불구불 이어지는 둥근 성벽을 따라 집들은 성채 아래쪽에 다닥다닥 붙어 있었다. 암석을 깎아 지그재그로 만든 길이 마을과 성채를 이어 주었다. 성벽 높이는 약 60미터로, 귀퉁이가 많았으며 성채 윗부분에는 방어용 요철이 있었다. 높은 절벽 위에 매달리듯 세워진 이 석제 왕관에 여기저기 꽃무늬 장식처럼 탑이 솟아 있었다.

성채 안 왕궁에는 주랑이 늘어서 있었다. 왕궁 옥상에 있는 테라스에는 무화과나무로 만들어진 난간이 둘러져 있고 차양을 칠 수 있는 버팀목들도 있었다.

---

20   아랍인으로부터 유대를 방어하기 위한 강력한 근거지로 기원전 1세기 초에 만들어졌다가 허물어진 것을 헤롯 대왕이 재건하고 안티파스에게 물려주었다. 이 요새는 세례자 요한이 참수당한 장소로 유명하다.

어느 날 아침 동트기 전에 헤롯 안티파스 왕[21]이 테라스에 나가 팔꿈치를 괴고 밖을 바라보았다.

자기 바로 밑에 있는 산들의 꼭대기는 모습을 드러내기 시작한 반면, 나머지 부분은 절벽 깊은 곳까지 여전히 어둠 속에 잠겨 있었다. 흐르던 안개가 찢기듯 걷히자 사해 윤곽이 드러났다. 마케루스 성채 뒤로 새벽이 움트며 붉은 색조를 퍼뜨렸다. 새벽빛을 받아 모래사장의 모래, 계곡, 사막 그리고 저 멀리 울퉁불퉁하고 회색빛 도는 유대 지방의 산비탈이 모두 밝게 빛났다. 그 가운데 있는 엔가디[22]는 검은 막대선을 그어 놓은 모양이었고, 더 깊숙이 있는 헤브론[23]은 돔처럼 둥글었다. 에스콜에는 석류나무가 있었고, 소레크 계곡에는 포도나무, 카르멜에는 참깨밭이 있었다. 그리고 육각 괴물 같은 안토니우스 탑[24]은 예루살렘을 굽어보았다. 왕은 시선을 돌려 오른쪽에 있는 제리코의 야자수를 보았다. 그리고 갈릴리에 있는 자신의 다른 도시들, 다시 돌아가지 못할 가버나움, 엔도르, 나사렛, 티베리아스를 떠올렸다. 요르단 강이 이 메마른 평원에 흐르고 있었다. 강은 흰 눈이 쌓인 식탁보처럼 하얗게 빛났다. 호수는 이제 청금색처럼 보였다. 남쪽 끝, 예멘 쪽에서 안티파스는 두려워서 보고 싶지 않았던 장면을 보고 말았다. 갈색 텐

---

21 헤롯 대왕 사후 왕국은 세 개로 나누어 상속되었는데, 헤롯 대왕의 일곱 번째 아들인 헤롯 안티파스는 갈릴리와 페레아 지방을 상속받았다. 이렇게 로마의 영향력이 행사되는 영토에서 왕위에 오른 사람을 소왕(tétrarque)이라 부르는데, 여기에서는 '왕'으로 통칭한다.

22 사해 서쪽의 오아시스이자 옛 도시로서, 현재는 이스라엘의 국립 공원이다.

23 『성경』에 자주 등장하는 도시로 요카난의 고향으로 알려져 있다.

24 안토니우스 탑은 헤롯 대왕이 안토니우스 황제에게 바친 성채로 예루살렘에 있었다.

트가 여기저기 세워져 있었고, 창을 든 남자들이 말 사이를 돌아다녔으며, 꺼져 가는 불들이 땅에서 불티처럼 반짝였다.

아랍 왕의 군대였다. 안티파스는 헤로디아와 결혼하려고 이혼했는데, 아랍 왕이 전부인의 아버지였다. 헤로디아는 이탈리아에 사는 그의 형 한 명과 결혼했었지만, 그 형은 권력에 대한 욕심이 없었다.[25]

안티파스는 로마인의 지원을 기다리고 있었다. 시리아 총독 비텔리우스[26]가 아직 도착하지 않아서 그는 불안한 마음에 속이 타들어 갔다.

아그리파[27] 때문에 로마 황제가 자신을 저버린 건 아닐까? 그의 셋째 동생, 바타네의 왕 빌립[28]은 은밀히 전쟁을 준비하고 있었다. 유대인들은 안티파스의 우상 숭배를 더 이상 원치 않았고, 다른 민족들도 더 이상 그의 통치를 바라지 않았다. 그래서 그는 아랍인들을 달랠지 파르티아 제국[29]과 동맹

---

25 헤로디아는 삼촌이자 헤롯 대왕의 아들인 헤롯 2세와 결혼했다. 이 결혼에서 살로메를 낳았다. 남편이 헤롯 대왕의 영토를 물려받지 못했기에 그녀는 남편과 이혼하고 남편의 이복동생인 안티파스와 결혼했다. 헤로디아와 결혼하기 위해 안티파스는 나바테아의 왕 아레타스 4세의 딸과 이혼했다. 아레타스 4세는 군대를 파견했고 안티파스는 로마에 도움을 청하고 기다리는 상황이다.

26 루키우스 비텔리우스는 티베리우스 황제의 통치 아래에서 시리아 총독이었다. 그의 아들 아울루스 비텔리우스는 네로 이후 네 명의 황제 시대로 이어지는 혼란스러운 정국에서 세 번째로 황제가 되었지만 팔 개월 후 베스파시아누스 황제에게 죽임을 당한다.

27 헤로디아의 동생으로 헤로디아와 그녀의 두 번째 남편 안티파스에게 우호적이지 않다.

28 안티파스의 동생으로, 아우구스투스가 헤롯 대왕의 왕국 반은 큰아들에게, 나머지 사분의 일씩을 안티파스와 빌립에게 나누어 줬다.

29 기원전 3세기 중엽부터 기원후 3세기 초까지 존재했던 페르시아의 제국이다.

조약을 체결할지, 두 계획 사이에서 망설였다. 성대한 생일 축하연을 핑계로 그는 자기 군대의 지휘관들과 야전 재무관, 갈릴리의 유력 인사들을 초대했는데, 그날이 바로 오늘이었다.

그는 날카로운 시선으로 도로를 빠짐없이 훑어보았다. 도로는 텅 비어 있었다. 그의 머리 위로 독수리들이 날고 있었다. 병사들은 성벽에 기대어 잤고 성에서 움직이는 거라곤 아무것도 없었다.

갑자기 깊은 땅속에서 새어 나오는 것 같은 목소리가 멀리서 들려오자 왕의 안색이 파리해졌다. 그가 몸을 숙이고 귀를 기울였다. 그 목소리가 사라졌다가 다시 들려왔다. 그는 손뼉을 치고 고함을 질렀다. "마나에이! 마나에이!"

목욕탕에서 마사지하는 사람처럼 허리까지 아무것도 걸치지 않은 사람이 모습을 드러냈다. 키가 크고 나이 든 데다 비쩍 말랐고, 단검이 든 청동 칼집을 허리에 차고 있었다. 머리카락을 뒤로 빗어 넘겨서 이마가 더 길어 보였다. 그의 눈은 졸린 듯 희미했지만, 이빨에서는 빛이 났고 설 때 타일을 밟는 발가락도 가볍고 경쾌했다. 그의 몸은 원숭이처럼 유연했고 얼굴은 미라처럼 무표정했다.

"그자는 어디 있지?" 왕이 물었다.

엄지로 자신들 뒤에 있는 뭔가를 가리키며 마나에이가 대답했다.

"계속 거기에 있습니다!"

"목소리를 들은 것 같은데!"

안티파스는 숨을 크게 몰아쉬고 요카난에 대해 물었다.

당시 로마에 맞서 팔레스타인을 공격했다.

요카난은 로마 사람들이 세례자 요한이라고 부르는 바로 그 사람이었다. "지난달에 관용을 베풀어 그의 지하 감옥에 들어가 면회하게 해 줬던 그 두 명을 다시 본 적이 있느냐?[30] 이후 그들이 무슨 일로 왔는지 알아낸 게 있느냐?"

마나에이가 대답했다.

"그들은 그자와 이상한 말을 주고받았습니다. 도둑들이 저녁에 사거리에서 만나 은밀히 이야기를 나누듯이 말이죠. 그러고는 대단한 소식을 가져오겠다며 갈릴리 북쪽으로 떠났습니다."

안티파스는 고개를 숙인 채 겁에 질린 표정으로 말했다.

"그를 잘 감시해! 잘 감시하라고! 아무도 들여보내지 마! 성문을 잘 잠그고! 지하 감옥 문을 덮어 버려! 그가 살아 있다는 사실을 짐작조차 못 하게 하란 말이야!"

마나에이는 명령을 받기도 전에 이미 이를 수행하고 있었다. 요카난은 유대인이었고 여느 사마리아인처럼 마나에이는 유대인을 증오했다.

모세가 이스라엘의 중심으로 정했던 사마리아인의 가리짐 사원은 히르칸 왕 이래로 더 이상 존재하지 않았다.[31] 그래서 예루살렘 사원은 사마리아인들에게 모욕이자 영원한 불

---

30 예수가 메시아인지 알아보도록 세례자 요한이 두 제자를 예수에게 보냈다.(「마태복음」 11장 2~19절)

31 히르칸 2세는 예루살렘의 대사제이자 하스몬 왕조의 왕이다. 그는 로마인이 유대 왕조를 지배하고 통치하는 데 중요한 역할을 했으며 후에 헤롯 대왕에게 왕위를 빼앗겼다. 그의 통치 아래에서 바리새인들이 유대의 종교 전통을 주도했고, 에센파는 사원이 파괴되는 등 핍박을 받고 메시아주의를 발전시켰다. 가리짐 산에 사마리아인들이 예루살렘 사원에 버금가는 사원을 지었다.

의로 여겨져 그들을 분노에 떨게 만들었다. 마나에이는 신전을 더럽히려고 죽은 자들의 뼈를 가지고 예루살렘 사원에 들어간 적도 있었다. 그보다 날쌔지 못했던 친구들은 참수당했다.

두 계곡 사이로 사원이 그의 눈에 띄었다. 그물처럼 촘촘히 엮어 만든 흰 대리석 벽과 황금 기와지붕이 햇빛을 받아 눈부시게 반짝였다. 사원은 빛을 발하는 산처럼, 그 호사스러움과 거만함으로 모든 것을 짓누르는 초인적인 것으로 보였다.

그러자 마나에이가 양팔을 시온 산 쪽으로 뻗었다. 몸을 똑바로 세우고 얼굴은 뒤로 젖힌 채 두 주먹을 쥐고, 그가 격렬하게 저주의 말을 쏟아 냈다. 말에 실질적인 힘이 있다고 믿는 것 같았다.

안티파스는 귀를 기울였지만, 화난 것 같지는 않았다.

그 사마리아인이 또 말했다.

"때로는 미친 듯이 날뛰면서 도망가고 싶어 하는 것 같습니다. 놈은 석방을 기대합니다. 어떨 때는 병든 짐승처럼 평온해 보이기도 합니다. 아니면 어둠 속을 걸으며 '무슨 상관이란 말인가? 그분이 위대해지기 위해서는 내가 작아져야 하는 것을!'[32]이라는 말을 되뇌곤 합니다."

안티파스와 마나에이는 서로 쳐다보았다. 그러나 왕은 깊게 생각하는 것이 지겨웠다.

거대한 파도가 굳어 층을 이룬 듯한 주위 산들, 절벽 옆구리에 움푹 파인 검은 틈새들, 광대한 푸른 하늘, 강렬하게 내리쬐는 찬란한 햇빛, 절벽을 둘러싼 까마득한 심연이 그의 마음을 뒤흔들었다. 그의 영토에서 벌어진 대혼란으로 원형 경

---

32   "그는 흥하여야 하겠고 나는 쇠하여야 하리라 하니라."(「요한복음」 3장 30절)

기장과 궁궐들이 파괴된 채 드러난 황량한 광경을 보면서 그의 마음은 침통해졌다. 무거운 물에 휩쓸려 강둑보다 낮은 곳에 매몰된 저주받은 도시[33]의 기운이 유황 냄새와 뒤섞여 뜨거운 바람에 실려 왔다. 이 치명적인 분노의 표지를 생각하면 공포에 사로잡혔다. 그는 난간에 팔꿈치를 괴고 손으로 머리를 감싼 채 멍하니 가만있었다. 누가 그의 몸을 건드렸다. 그가 몸을 돌렸다. 헤로디아가 앞에 서 있었다.

그녀는 가벼운 자주색 드레스를 샌들이 보이지 않을 정도로 길게 입고 있었다. 방에서 서둘러 나오느라 목걸이도 귀걸이도 하지 않은 상태였다. 한쪽 팔 위로 땋아 늘어뜨린 검은 머리카락 한 갈래의 끝이 그녀의 가슴골 사이로 들어가 있었다. 그녀의 콧구멍이 생기에 넘쳐 떨고 있었다. 승리의 기쁨으로 그녀의 얼굴이 환히 빛났다. 왕을 흔들며 그녀가 큰 목소리로 말했다.

"황제는 우리 편이에요! 아그리파가 감옥에 갇혔어요!"

"그 소식을 누가 알려 줬소?"

"아는 수가 있어요!"

그녀가 덧붙여 말했다.

"카이우스[34]에게 제국을 넘겨주려고 했기 때문이에요."

그들의 온정을 구걸하며 살아가면서도, 아그리파 또한 그들처럼 왕좌를 열렬히 갈망했다. 앞으로 그런 걱정을 할 필요가 없어진 것이다! "티베리우스 황제의 감옥은 쉽게 열리지

---

33   소돔과 고모라를 의미한다.
34   아그리파는 카이우스 칼리굴라에게 티베리우스 황제가 빨리 죽으면 좋겠다고 말했다. 아그리파로부터 절도죄로 고발당한 해방 노예가 그 대화를 우연히 듣고 복수하려고 황제에게 아그리파를 고발했다. 황제는 그를 감옥에 처넣었다.

않아요. 그곳에서는 살아 있는지조차 불확실하니까요!"

안티파스는 그녀를 잘 이해할 수 있었다. 비록 아그리파의 누나이긴 했지만, 헤로디아의 잔인한 계획은 자신의 관점에서 보아도 당연했다. 살인은 자연스러운 세상의 이치였고 왕가의 숙명이다. 헤롯 집안에서도 살인은 헤아릴 수 없이 일어났다.

그러고 나서 그녀는 클라이언트[35]를 매수하고, 편지를 가로채고, 성문마다 첩자를 심어 놓고, 고발자 유티케스를 매수한 방법들을 늘어놓았다.

"그 어떤 것도 나에게는 중요하지 않아요! 당신을 위해 더 한 것도 하지 않았던가요? ……딸까지 포기했잖아요!"

이혼 후에 그녀는 왕과의 사이에 다른 자녀들이 생기기를 기대하며, 그 아이를 로마에 남겨 두었던 것이다. 그녀는 그 사실을 한 번도 언급한 적이 없었다. 갑자기 이렇게 애정을 드러내는 이유가 뭘지 그가 의아하게 생각했다.

하인들이 차양을 펼치고 그들 곁으로 서둘러 커다란 방석들을 가져왔다. 헤로디아는 거기에 털썩 주저앉아 등을 돌리고 눈물을 흘렸다. 손으로 눈물을 닦고는, 그것에 대해서는 더 이상 생각하고 싶지 않고, 자신은 행복하다고 말했다. 현관홀에서 이야기를 나눴던 일, 증기탕에서의 만남들, 로마의 개선로를 따라 산책했던 일, 분수가 속삭이고 만발한 꽃이 궁륭을 이룬 큰 별장에서 로마의 평원을 바라보며 함께 보냈던 저녁들에 관한 기억을 그에게 환기했다. 그녀가 그의 가슴을 스치

---

35 클라이언트는 고대 로마에서 자신보다 강력한 귀족의 보호를 받는 자유민이다. 이들의 관계는 상호적이어서 클라이언트는 정치적·군사적으로 주인을 지지했다.

듯 건드리며 이전처럼 다정하게 바라보았다. 그는 그녀를 밀어냈다. 그녀가 되살리려는 사랑은 이제 아득한 옛일이었다! 그가 겪은 불행은 모두 그 사랑 때문이었다. 전쟁이 지속된 지 곧 십이 년이었다. 그 전쟁으로 왕은 늙어 버렸다. 가장자리에 보라색을 덧댄 어두운 토가를 걸친 그의 어깨는 굽어 있었다. 그의 머리카락처럼 수염에도 흰색이 섞여 들었고 장막을 통과해서 들어오는 태양빛이 침울해 보이는 이마를 감쌌다. 헤로디아의 이마에도 마찬가지로 주름이 많았다. 마주 선 그들은 서로를 사납게 쳐다보았다.

산길에 인파가 붐비기 시작했다. 목동들이 소를 쿡쿡 찔렀고, 아이들이 당나귀를 끌고 갔으며, 마부들이 말을 몰았다. 마케루스 산 저 너머 높은 곳에서 사람들이 내려와 성 뒤로 모습을 감췄다. 앞에 있는 골짜기를 올라와 마을에 도착하여 안뜰에 짐을 부리는 사람들도 있었다. 왕에게 물건을 공급하는 자들이거나 초대받은 손님들보다 먼저 도착한 하인들이었다.

그런데 테라스 왼쪽 구석에서 에센파 신도 한 명이 나타났다. 흰옷 차림에 맨발인 금욕적인 인상이었다. 오른쪽에 있던 마나에이가 단도를 치켜들고 달려갔다.

헤로디아가 그에게 외쳤다.

"죽여라!"

"멈추어라!" 왕이 말했다.

마나에이가 멈춰 섰다. 다른 사람도 움직이지 않았다.

그들은 잠시도 눈을 떼지 않고 각자 다른 계단으로 뒷걸음질 치며 물러났다.

"저자가 누구인지 알아요! 파뉘엘이라는 자인데 요카난을 만나려고 하지요. 당신이 아무것도 모르고 그자를 살려 두

니까요!" 헤로디아가 말했다.

안티파스는 언젠가는 요카난이 쓸모 있을 거라고 반박했다. 그가 예루살렘을 비판하면 자기들이 나머지 유대인들의 지지를 얻는 데 도움되리라는 요지였다.

"아니에요! 그들은 지배자라면 누구든 가리지 않고 다 받아들여요. 나라를 만들 줄도 모르는 사람들이고요!" 그녀가 대답했다.

느헤미아[36] 이래, 민중의 희망을 들쑤셔 선동하는 자는 제거하는 게 최선의 정책이었다.

왕의 생각으로는 서둘 필요가 없었다. 요카난이 위험인물이라고? 그럴 리가 없나! 그가 웃는 척했다!

"웃지 마세요!"

그녀는 향료를 수확하러 갈라드로 가던 날 자신이 모욕당한 일을 다시 이야기했다.

"강가에서 사람들이 옷을 다시 챙겨 입고 있었어요. 옆에 있는 작은 언덕에서 이떤 남자가 설교하고 있었고요. 그 사람은 허리에 낙타 가죽을 둘렀고 머리는 사자와 비슷했어요. 나를 보자마자 그 사람이 예언자들이 해 오던 저주의 말들을 모두 쏟아냈어요. 눈동자는 불타오르고 목소리는 동물이 울부짖는 듯했어요. 천둥을 내리치려는 것처럼 그가 팔을 들어 올렸는데, 도망칠 수가 없었어요! 마치 바퀴가 바퀴 축까지 모래에 빠져 있었거든요. 폭풍우처럼 쏟아지는 욕설에 얼어붙은 채, 외투로 몸을 가리고 천천히 그 자리에서 빠져나왔지요."

---

36 기원전 5세기에 페르시아 왕의 총신이었던 느헤미아가 왕의 허락을 얻어 예루살렘을 재건했다. 당시 마지막 예언자 마라시가 엘리야의 부활을 예언했다.

요카난 때문에 그녀는 죽을 지경이었다. 체포하여 밧줄로 묶을 때 저항했다면 군인들이 칼로 찔러 죽였겠지만 그는 순순히 붙잡혔다. 감옥에 독사를 풀어놓기도 했지만, 오히려 뱀들이 죽었다.

이런 계략들이 헛수고로 끝나자 헤로디아는 몹시 화가 났다. 그런데 왜 자신을 그렇게 맹렬히 비난하는 걸까? 그렇게 해서 어떤 이득이 생긴다고? 그가 군중에게 크게 소리쳐 전하는 연설은 널리 유포되었다. 어디를 가도 그의 말이 들려왔고, 그의 연설이 공기를 가득 채웠다. 군단이라면 그녀는 용기를 가지고 맞섰을 테지만 칼보다 위험하고 포착할 수도 없는 말의 힘은 당혹스러웠다. 자신을 숨 막히게 하는 것을 표현할 적당한 말을 찾지 못해 화가 나서 그녀는 창백한 얼굴로 테라스를 서성거렸다.

왕이 여론에 굴복해서 이혼을 생각할지도 몰랐다. 그렇게 되면 전부 망친다! 어린 시절부터 그녀는 거대한 왕국을 꿈꿨다. 그 꿈을 실현하기 위해 첫 남편을 버리고 이 사람과 결합했는데, 이 사람이 자신을 속였다는 생각이 들었다.

"당신과 결혼하면서 전 그 잘난 지지를 얻었죠!"

"우리 집안이나 당신 집안이나 세력은 엇비슷했소!" 왕이 간단히 대답했다.[37]

헤로디아는 자신의 선조였던 사제들과 왕들의 피가 핏줄에서 들끓는 느낌이 들었다.

"그렇지만 당신의 할아버지는 아스칼론 신전의 청소부에

---

[37] 안티파스가 헤로디아와 결혼한 것이 애정 때문이 아니라 왕권을 확보하기 위한 정략적인 목적이었음을 암시한다.

불과했죠! 다른 조상이래 봤자 목동, 산적, 대상(隊商)들의 안내자, 다윗 왕 이래 유다에 조공을 바치던 유목민이었고요. 우리 선조들은 당신의 선조들을 쳐부쉈어요! 첫 번째 마카비[38]는 당신들을 헤브론에서 쫓아냈고, 히르칸 왕은 당신들에게 할례를 시켰고요!"

세습 귀족이 평민에게 품은 경멸과 에돔[39]에 대한 야곱의 적의를 뿜어내며 그녀는 자신이 받은 모욕에 대한 그의 무관심, 그를 배반한 바리새인들에게 보인 나약한 태도, 그를 증오하는 민중에 대한 그의 비굴한 태도를 비난했다.

"당신도 민중과 같아요. 그렇다고 고백해 보시죠! 당신은 이 돌들을 빙빙 돌면서 춤추던 아랍 계집이 그리운 거예요! 다시 붙잡아 보시죠! 가서 재결합하라고요! 천막에 가서 그 계집하고 사세요! 그 계집이 잿더미 아래에서 구운 빵이나 먹고, 암양에서 짜낸 다 굳은 우유나 마시고요! 그 계집의 푸르뎅뎅한 뺨에 입맞추세요! 그리고 나를 잊으면 되는 거예요!"

왕은 더 이상 귀 기울이지 않았다. 그는 어떤 집의 테라스를 바라보고 있었다. 그곳에는 젊은 처녀가 있었고, 한 노파가 손잡이가 갈대로 된 양산을 들고 있었다. 양산은 낚싯대만큼이나 길었다. 양탄자 한가운데에는 커다란 여행 바구니가 뚜껑이 열린 채 벌어져 있었다. 허리끈, 베일, 금은 세공한 귀걸이가 마구 뒤섞인 채 가득 담겨 있었다. 젊은 처녀가 이따금

38 　마카비는 안식일을 지키지 못하게 하고 우상 숭배를 강요하는 안티오쿠스 왕에게 저항한 형제들을 일컫는다. 이들 가문이 후에 하스몬 왕가를 이루었다.

39 　에돔은 이삭의 큰아들 에서를 가리킨다. 에돔은 '붉다'라는 뜻으로, 「창세기」 25장 30절의 "야곱에게 이르되 내가 피곤하니 그 붉은 것을 내가 먹게 하라 한지라. 그러므로 에서의 별명은 에돔이더라."라는 문장에서 유래한 단어다.

그것들 쪽으로 몸을 숙였다가 공중에 흔들어 보곤 했다. 그녀는 로마 사람들처럼 입고 있었다. 헐렁한 윗옷은 부드럽게 주름 잡히고, 짧은 치마에는 에메랄드 방울이 달려 있었다. 푸른색 가죽띠로 머리카락을 묶었는데, 가끔 손으로 넘기는 것을 보면 머리카락이 묵직한 게 분명했다. 양산 그림자가 몸 위에 드리우면서 그녀의 모습이 반쯤 가려지기도 했다. 그녀의 섬세한 목, 시선의 각도, 작은 입 언저리가 두세 번 안티파스의 눈에 띄었다. 그러다 엉덩이에서 목덜미에 이르기까지, 숙였다가 탄력 있게 다시 일으키는 몸매가 눈에 들어왔다. 그는 이 동작을 다시 볼 기회를 엿보았다. 그의 호흡이 거칠어졌고 눈에서 불길이 타올랐다. 헤로디아가 그것을 지켜보고 있었다.

그가 물었다. "누구지?"

헤로디아는 모르겠다고 대답하고, 갑자기 감정이 누그러진 듯 가 버렸다.

갈릴리 사람들, 필경사, 목장 주인, 염전 관리인, 기병대를 지휘하는 바빌로니아의 유대인이 회랑에서 왕을 기다리고 있었다. 모두 환호성을 지르며 왕에게 예를 표했다. 그가 내실 쪽으로 사라졌다.

복도 구석에서 갑자기 파뉘엘이 나타났다.

"아! 또 무슨 일이지? 분명 요카난 일로 온 거겠지?"

"전하를 위해서지요! 중요한 말씀을 드리려고 합니다."

안티파스를 따라 파뉘엘이 어두컴컴한 곳으로 들어왔다.

격자창으로 들어온 빛이 돋을새김 장식 아래로 세로로 길게 이어졌다. 검붉게 칠해진 벽이 거의 검게 보였다. 안쪽에는 황소 가죽으로 장식한 흑단 침대가 놓여 있었다. 침대 위에 놓인 황금 방패가 태양처럼 빛났다.

안티파스는 방을 가로질러 침대에 몸을 눕혔다.

파뉘엘은 서 있었다. 팔을 들어 계시를 받는 듯한 태도로 그가 말했다.

"하느님께서는 때때로 아드님 한 분을 보내십니다. 요카난이 그 한 명입니다. 그를 박해하면 전하께서는 징벌을 받으실 겁니다."

"나를 괴롭히는 게 바로 그자야!" 안티파스가 고함을 질렀다. "그는 내가 불가능한 행동을 하기를 원해. 그때부터 그자 때문에 나는 괴롭힘을 당하는 거라고. 내가 처음부터 강경했던 건 아니야! 그는 심지어 혼란을 일으키려고 마케루스에서 지방으로 사람을 보내기도 했어. 그런 자는 죽어야 마땅해! 그자가 나를 공격하니 나는 방어해야지!"

"그의 분노가 지나치게 격렬하긴 합니다만, 신경 쓸 것 없습니다! 그를 석방하셔야만 합니다." 파뉘엘이 대답했다.

"미친 동물을 풀어주진 않지!" 왕이 말했다.

에센파 신도가 대답했다.

"두려워 마십시오! 그는 아랍인, 골족, 스키타이족에게 갈 겁니다. 그의 과업을 땅 끝까지 펼쳐야 하니까요!"

안티파스는 생각에 잠긴 듯했다.

"그의 힘은 강력해! ……내 뜻과는 상관없이 나도 그를 좋아하니까!"

"그러면 그를 풀어주시겠습니까?"

왕이 고개를 저었다. 왕은 헤로디아와 마나에이 그리고 미지의 위험이 두려웠다.

파뉘엘은 왕을 설득하려고 애쓰면서, 자신의 계획이 옳음을 보증하기 위해 에센파가 왕들에게 복종한다는 사실을 내

세웠다. 고문으로도 복종하지 않는, 거친 옷을 입고 별을 통해 미래를 읽는 이 가난한 사람들은 존경을 받았다.

안티파스는 조금 전에 들었던 말을 기억해 냈다.

"그래, 나에게 알려 줄 중요한 정보라는 게 뭐지?"

흑인 한 명이 불쑥 나타났다. 그의 몸에는 먼지가 하얗게 내려앉아 있었다. 그가 헐떡이며 겨우 이 말만 내뱉었다.

"비텔리우스!"

"뭐라고? 그가 온다고?"

"제가 보았습니다. 세 시간 후면 여기에 도착하실 겁니다!"

바람이라도 부는 것처럼 복도 휘장이 흔들렸다. 사람들이 분주히 달려가는 소리, 가구 끄는 소리, 은식기 꺼내는 소리가 떠들썩하게 성을 가득 채웠다. 흩어져 있는 노예들을 불러 모으느라 탑 꼭대기에서 나팔 소리가 울렸다.

2

비텔리우스가 성의 안뜰에 들어섰을 때 성채는 사람들로 꽉 차 있었다. 통역관의 팔에 기대어 선 비텔리우스 뒤를 깃털과 거울로 장식된 커다란 붉은색 가마가 따랐다. 그는 토가 차림에 원로원 의원 휘장을 두르고, 집정관의 신발을 신고, 호위병들을 대동했다.

가운데에 도끼를 넣고 막대기들을 끈으로 묶은 속간(束桿)[40]을 성문에 열두 개 세웠다. 모두 로마의 권위 앞에서 몸을 떨었다.

여덟 명이 들고 움직이던 가마가 멈춰 섰다. 그 가마에서 한 젊은이가 내렸다. 배는 뚱뚱했고 얼굴에는 여드름이 났고 손가락마다 진주 반지를 끼고 있었다. 향신료를 가득 넣은 포도주를 한 잔 그에게 바쳤다. 그가 마시고 나서 한 잔 더 달라고 했다.

---

40   도끼 둘레에 막대기들을 다발로 엮은 것으로 집정관의 권위를 상징한다. 막대기는 징벌을 상징하고, 도끼는 사형을 의미한다.

왕은 지방 총독 앞에 무릎을 꿇고, 종독이 오신나는 소식을 좀 더 일찍 알지 못해 죄송하다며, 미리 알았더라면 비텔리우스 부자를 맞이하기 위해 필요한 모든 것을 갖춰 놓으라고 길목에 있는 사람들에게 명령을 내렸을 거라고 말했다. 그들은 비텔리아 여신의 자손이었다. 자니콜로 언덕[41]에서 바다에 이르는 도로가 아직도 그들의 이름을 간직하고 있었다. 그들 가문에는 재무관과 집정관이 수도 없이 많았다. 이제 그의 손님이신 루키우스는 킬리키아인[42]을 무찔렀고, 젊은 아울루스의 아버지이므로 감사드려야 마땅했다. 동양은 신들의 고향이기 때문에, 젊은 아울루스는 자기 영지로 돌아가는 것 같다고 했다.[43] 이런 과장된 인사가 라틴어로 전해졌다. 비텔리우스는 표정 하나 바꾸지 않고 인사를 받았다.

위대한 헤롯 왕[44]은 한 민족의 영광이라고 그가 응답했다. 아테네 사람들이 헤롯 왕에게 올림픽 대회 위원장 지위를 주었다. 그는 아우구스투스의 명예를 위해 신전을 많이 지었으며, 인내심이 있고 창의적이며 잔인하고 항상 황제에게 충성스럽기 때문이었다.

기둥머리를 청동으로 장식한 원주 사이로 헤로디아가 황후와 같은 표정을 지으며, 향불을 밝힌 진홍빛 쟁반을 든 시녀

41 로마를 흐르는 테베레 강 서안에 있는 높은 언덕.

42 킬리키아는 소아시아와 시리아를 잇는 교통로로, 기원전 67년에 로마의 속주로 편입되었다.

43 여기까지가 안티파스가 루키우스 비텔리우스에게 드리는 찬사다. 플로베르는 이 부분을 직설 화법으로 서술하지 않고 자유 간접 화법으로 서술하는데 자유 간접 화법이 없는 우리말로는 번역이 다소 어색하다.

44 비텔리우스가 안티파스의 인사에 화답하는 대목으로, 위대한 헤롯 왕은 헤롯 대왕이 아니라 안티파스를 가리킨다.

들과 환관들을 거느리고 앞으로 걸어오는 모습이 보였다.

총독이 그녀를 맞으러 세 걸음 나아가서 머리를 숙여 그녀에게 인사했다.

"티베리우스 황제의 적인 아그리파가 이제 해를 끼칠 수 없게 되었으니 얼마나 다행이에요!" 그녀가 외쳤다.

총독은 어떤 사건이 벌어졌는지 몰랐다. 그가 보기에 그녀는 위험인물이었다. 안티파스가 황제를 위해서라면 못 할 일이 없다고 맹세하자, 비텔리우스가 물었다.

"다른 사람을 희생시켜 가면서 말인가?"

비텔리우스는 파르티아 왕으로부터 인질들을 구한 적이 있었지만, 황제는 그 공적을 더 이상 참작하지 않았다. 회담장에 있던 안티파스가 즉시 그 소식을 전하며 자신의 공을 부각시켰던 것이다. 그리하여 비텔리우스는 안티파스에게 심각한 반감을 품었고, 구원병을 제공하는 데에도 시간을 끌었다.

왕이 말을 어물거렸다. 그러나 아울루스가 웃으며 말했다.

"진정하시오, 내가 보호해 주겠소!"

총독은 이 말을 못 들은 척했다. 아버지의 행운은 아들의 추악한 짓에 달려 있었던 것이다. 카프리 진흙에서 피어난 이 꽃이 자신에게 상당한 이익을 갖다줬기에 그는 아들을 존중했다. 그러나 독성 있는 꽃인 아들을 그는 경계했다.[45]

성문이 시끌벅적했다. 흰 당나귀를 타고 사제 복장을 한 사람들이 줄지어 들어왔다. 그들은 사두개파 사람들과 바리새인들로, 똑같은 야심을 품고 마케루스로 왔다. 사두개파 사

---

45 청년기를 카프리에서 티베리우스 황제의 미동(美童)들과 함께 보냈던 아울루스를 '꽃'에 비유함으로써 추악한 짓을 벌였음을 암시한다.

람들은 제사장직을 얻으려고 했고, 바리새인들은 그 직을 유지하려고 했다.[46] 그들의 얼굴은 어두웠다. 로마의 적이자 안티파스 왕의 적인 바리새인들 얼굴은 특히 어두웠다. 길게 늘어진 튜닉 옷자락 때문에 군중 사이를 헤쳐 나가기 불편했고, 글씨 흔적이 남아 있는 양피지 끈으로 묶어 썼는데도 삼중관은 그들의 이마 위에서 흔들거렸다.

거의 동시에 전위대 병사들이 도착했다. 먼지가 묻을까 봐 그들은 방패를 가방에 넣어 두고 있었다. 그들 뒤에는 겨드랑이에 나무판을 꽉 낀 징세 청부인들과 함께 총독의 부관 마르셀루스가 있었다.

안티파스가 주요 측근인 톨마이, 칸테라, 세혼, 그에게서 아스팔트를 사 가는 알렉산드라의 암모니우스, 그의 경보병대 대장 나아만, 바빌로니아인 이아심의 이름을 부르며 소개했다.

비텔리우스는 마나에이를 주목했다.

"저자는 누구인가?"

왕은 몸짓으로 사형 집행인이라고 알려 주었다.

그런 다음 사두개파 사람들을 소개했다.

행동거지가 자유분방한 요나타스는 키 작은 남자로, 그리스어로 이야기했는데, 총독에게 예루살렘을 방문하는 영광을 베풀어 달라고 간청했다. 총독은 방문하겠다고 대답했다.

매부리코에 수염을 길게 기른 엘레아자르는 바리새인의 대표로서, 속세의 권력이 안토니우스 탑에 억류한 대사제의

---

46 사두개인과 바리새인은 예수 시절 가장 강력한 유대의 지파로 서로 경쟁했다. 사두개인은 구전 전통보다는 성문법을 중시했다. 그들은 법을 엄격하게 적용하여 민중에게서 멀어졌다. 바리새인은 율법학자의 지지를 받았는데, 예수는 바리새인이 전통을 엄격하게 준수하느라 신의 계명을 어겼다고 비난했다.

외투를 돌려 달라고 요구했다.

이어 갈릴리인들은 폰티우스 필라투스를 고발했다. 사마리아 근처 동굴에서 다윗 왕의 황금 항아리를 찾던 광인 사건을 빌미로 주민들을 죽였다는 내용이었다. 모두 한꺼번에 말을 했다. 마나에이가 다른 사람들보다 격하게 말했다. 비텔리우스는 죄인은 벌을 받게 된다고 분명히 밝혔다.

주랑 맞은편에서 고함이 터져 나왔다. 병사들이 방패를 늘어놓은 곳이었다. 덮개가 풀리는 바람에 방패 중간에 있는 황제의 얼굴이 드러났다. 유대인에게 이는 우상 숭배였다. 안티파스는 장광설을 늘어놓았고, 비텔리우스는 주랑에 놓인 높은 의자에 앉아 왜 그들이 격분하는지 의아해했다. 티베리우스 황제가 유대인 400명을 사르데냐 지방으로 유배 보낸 것은 정말 훌륭한 처사였다. 그러나 자기 고향에서는 그들도 강력한 세력을 형성하고 있으므로, 비텔리우스가 방패를 치우라고 명했다.

그러자 그들은 총독을 둘러싸고 불공정한 것을 고쳐 달라, 특권을 달라, 온정을 베풀어 달라 하고 간청했다. 옷이 찢어지고, 밀려서 깔리는 사람도 있었다. 자리를 만들려고 노예들이 몽둥이를 오른쪽 왼쪽 가리지 않고 후려쳤다. 문에서 가장 가까이 있던 사람들은 밀려서 오솔길을 내려갔고, 다른 사람들은 밀려서 올라갔다. 사람들이 밀려났다. 성벽 내부에 압축되듯 눌려 흔들리는 군중 속에서 사람들의 두 물결은 서로 엇갈려 지나쳤다.

왜 이렇게 사람이 많냐고 비텔리우스가 물었다. 안티파스가 자기 생일잔치 때문이라고 말했다. 그는 고기와 과일, 야채, 영양(羚羊), 황새, 커다란 푸른 물고기, 포도, 수박, 피라미

드 모양으로 쌓아 올린 어마어마한 석류 바구니를 성의 요철 위에서 몸을 숙인 채 끌어올리는 하인들을 손으로 가리켰다. 아울루스는 세상을 놀랠 만큼 탐욕스러운 식욕을 참지 못하고 서둘러 부엌으로 달려갔다.

지하 창고 근처를 지나는데 흉갑(胸甲) 비슷한 솥들이 비텔리우스 눈에 띄었다. 그가 가까이 가서 보고는 성채의 지하 창고를 열라고 요구했다.

지하 창고는 바위를 깎아 만든 것으로, 궁륭 모양의 높은 천장을 기둥들이 간격을 두고 떠받치고 있었다. 첫 번째 방에는 오래된 갑옷들이 있었다. 두 번째 방에는 창이 빽빽이 차 있었는데, 깃털 다발 위로 뾰족한 창끝이 줄지어 서 있었다. 세 번째 방에는 뾰족한 화살이 나란히 세워져 있어서 갈대 묶음을 돗자리처럼 펼쳐 놓은 것 같았다. 네 번째 방은 휘어진 칼날로 벽들이 다 채워져 있었다. 다섯 번째 방 가운데에 줄지어 있는 투구들은 깃털 장식 때문에 붉은 뱀들이 무리 지은 것 같았다. 여섯 번째 방에는 화살통만, 일곱 번째 방에는 각반만, 여덟 번째 방에는 완장만 있었다. 그다음 방에는 쇠스랑, 갈고리, 사다리, 밧줄, 투석기용 버팀대, 낙타의 가슴띠에 다는 방울까지 있었다! 아래쪽으로 내려갈수록 산은 넓어지고 또 벌집처럼 내부가 텅 비어 있었기에, 이 창고 아래로 내려갈수록 더 많은 창고, 더 깊은 창고가 있었다.

비텔리우스와 통역관 피네, 그리고 징세 청부인들의 수장 시세나는 환관 세 명이 비추는 횃불에 의지해 창고들을 두루 훑어보았다.

못 박힌 곤봉, 상처를 중독시키는 투창, 야만인들이 발명해 낸 악어 턱 같은 끔찍한 집게를 어둠 속에서 알아볼 수 있었다. 이렇듯 왕은 4만 명이 전쟁을 수행할 수 있는 군수품을 마케루스에 보유했던 것이다.

왕은 적들이 동맹 맺을 것을 예상하고 군수품을 모았지만, 총독으로서는 로마인과 싸우기 위해 모았다고 믿거나 그랬다고 말할 수도 있었다. 총독이 해명을 요구했다.

그것들은 안티파스 소유가 아니었다. 대부분 산적들에게서 자신들을 지키기 위한 것이었고, 아랍인들과 싸우는 데에도 반드시 필요했다. 그리고 이 모두는 그의 아버지 소유였던 것이다. 그러면서 그는 총독 뒤를 따르지 않고 잰걸음으로 앞장서서 걸어갔다. 그러더니 벽을 따라 팔을 벌리고 토가로 벽을 가렸다. 그러나 문의 윗부분이 그의 머리 위로 삐죽이 드러나 보였다. 그것을 본 비텔리우스가 문 안쪽에 무엇이 있는지 알고 싶어 했다.

바빌로니아인만 그 문을 열 수 있었다.

"바빌로니아인을 부르시오!"

바빌로니아인이 오기를 기다렸다.

바빌로니아인의 아버지는 기병 500명과 함께 유프라테스강을 넘어와 헤롯 대왕에게 몸을 의탁하면서 동쪽 국경을 방어하겠다고 제안했다. 왕국이 분할된 후 이아심은 빌립의 나라에 머물렀다가 이제는 안티파스를 위해 봉사했다.

그가 활을 메고 손에는 채찍을 들고 나타났다. 여러 색깔의 밧줄이 그의 굽은 발을 세게 묶고 있었다. 큼직한 팔들이 민소매 밖으로 나와 있었고, 모피 모자 때문에 얼굴에는 그늘이 져 있었다. 수염은 고리 모양으로 구부러져 있었다.

처음에는 그가 통역관의 말을 이해하지 못한 것 같았다. 비텔리우스가 안티파스를 흘끗 쳐다보자 안티파스가 즉시 명령을 반복했다. 그러자 이아심이 두 손을 문에 갖다 대었나. 문이 벽 속으로 미끄러져 들어갔다.

어둠 속에서 뜨거운 바람이 뿜어져 나왔다. 나선형 통로 하나가 빙빙 돌며 아래로 이어져 있었다. 그들은 통로를 따라 가 동굴 입구에 도착했다. 그 입구는 여느 지하 동굴 입구보다 넓었다.

회랑 안쪽은 절벽 쪽으로 뚫려 있어서 그 방향에서는 절벽이 성채의 방어벽 노릇을 하고 있었다. 햇빛이 강하게 비치는 가운데 둥근 지붕에 달라붙은 인동덩굴에서 잎이 떨어지고, 바닥에는 가는 물줄기가 졸졸 흘렀다.

그곳에 백여 마리 쯤 되는 백마가 있었다. 입 높이에 널빤지가 달려 있어, 말들이 널빤지에 놓인 보리를 먹고 있었다. 갈기는 모두 파란색으로 칠해져 있었고, 발굽은 에스파르토 천으로 감싸여 있었다. 귓털은 이마 끈 위로 부풀어서 가발처럼 보였다. 말들은 기다란 꼬리를 흔들며 뒷다리를 가볍게 툭 툭 쳤다. 총독은 감탄하여 말을 잊었다.

유연하기가 뱀과 같고 가볍기가 새와 같은 놀라운 동물들이었다. 이 동물들은 쏜살같이 출발해서 사람들의 배를 물어 뜯어 넘어뜨리고, 바위틈에 빠져 곤란에 처해도 빠져나오고, 깊은 구덩이 위로도 뛰어오르고, 하루 종일 계속해서 평원을 미친 듯이 빠른 속도로 달리다가도 말 한마디에 멈추어 섰다. 목동이 나타나면 양들이 몰려들 듯, 이아심이 들어가자 말들이 즉시 그에게로 왔다. 말들은 목을 내밀면서 어린아이 같은 눈망울로 불안스레 그를 바라보았다. 으레 그러는 것처럼, 그가 목 깊은 곳에서 나오는 쉰 목소리로 고함을 지르자 말들은 즐거워하며, 넓은 공간을 굶주린 듯 달리고 싶다고 뒷발로 일어섰다.

비텔리우스에게 빼앗길까 봐, 안티파스는 포위 공격을 받으면 사용하려고 특별히 마련해 두었던 이 장소에 말들을 가두었던 것이다.

"마구간이 좋지 않군. 말들이 죽을 수도 있겠어! 목록을 만들어 두게, 시에나!" 총독이 말했다.

징세 청부인이 허리띠에서 작은 판을 꺼내 말의 수를 세고 기록해 두었다.

재정을 담당하는 관리들은 통치자들을 부패시키고 지방을 수탈했다. 이 사람도 흰족제비 같은 턱을 내밀고 눈을 깜박거리며 사방으로 냄새 맡고 다녔다.

마침내 그들은 다시 안뜰로 올라갔다.

포장도로 한가운데에, 둥근 청동 방패가 여기저기에서 저수통을 덮고 있었다. 징세 청부인은 다른 것보다 큰 하나를 주의 깊게 살펴보았다. 뒤꿈치로 걷어차도 소리가 울리지 않았다. 저수통을 하나씩 돌아가며 빠짐없이 두드려 보더니 그가 발을 구르며 외쳤다.

"찾았다! 찾았어! 헤롯의 보물이 여기 있다!"

헤롯의 보물찾기는 로마인들이 광분하는 일이었다.

"보물은 없습니다." 왕이 맹세했다.

"그렇다면 그 아래에는 무엇이 있소?"

"아무것도요! 사람이 하나 있습니다. 죄수입니다."

"그자를 보여 주시오!" 비텔리우스가 말했다.

왕은 복종하지 않았다. 유대인들이 자신의 비밀을 알게 되겠지. 그가 저수통을 열지 않으려고 하자 비텔리우스는 조급해졌다.

"부수어라!" 그가 호위병들에게 고함쳤다.

마나에이는 그들이 무엇을 하려는지 알아차렸다. 도끼를 보니 요카난을 참수하려는 듯했다. 호위병이 저수통의 동판에 도끼질을 하자, 마나에이는 그를 멈추게 하고 동판과 보도 사이에 갈고리 같은 것을 끼워 넣었다. 그러고는 길고 가는 팔에 힘을 주어 천천히 동판을 들어올렸다. 동판이 바닥에 내려졌다. 노인의 힘에 모두 놀랐다. 동판에는 나무가 덧대어 있었고 그 아래에는 같은 크기로 문이 뚜껑처럼 놓여 있었다. 주먹질 한 번에 그 문이 널빤지 두 쪽으로 접혔다. 그러자 구멍이 나타났다. 난간 없는 나선형 계단이 커다란 구덩이를 둘러싸고 있었다. 가장자리에서 몸을 숙여 바라보니 바닥에서 뭔가 희미하고 끔찍한 것이 얼핏 눈에 띄었다.

어떤 사람이 바닥에 누워 있었다. 등에 덮어 쓴 동물 가죽 털이 길게 자란 그의 머리카락과 뒤섞여 있었다. 그가 몸을 일으켰다. 수평으로 막아 놓은 창살에 그의 이마가 닿았다. 이따금 그가 동굴의 안쪽으로 사라졌다.

사제들의 뾰족한 삼중관 끝과 칼자루의 둥그스름한 끝이 태양빛을 받아 반짝였고, 타일은 지나치게 달궈졌다. 비둘기들이 처마 밑에서 날아올라 안뜰에서 선회했다. 평소 마나에이가 새들에게 알곡을 던져 주는 시각이었다. 그는 왕 앞에서 앞발을 세운 채 쪼그려 있었고, 왕은 비텔리우스 옆에 서 있었다. 갈릴리인들, 사제들, 군인들이 그 뒤로 둥글게 원을 그렸다. 벌어질 어떤 일에 불안해하며, 모두 침묵을 지켰다.

먼저 한숨이 크게 들리더니, 이어 깊은 동굴에서 나오는 듯한 목소리가 들려왔다.

헤로디아는 궁궐의 다른 쪽 끝에서 그 목소리를 들었다.

마력 같은 힘에 이끌려 그녀가 군중을 헤치고 앞으로 나아갔다. 한 손을 마나에이의 어깨에 얹고 몸을 숙인 채 그녀가 귀를 기울였다.

목소리가 더 커졌다.

"바리새인과 사두개인에게 불행 있으라! 살무사 족속이여, 부풀어 오른 술 부대여, 헛되이 울리는 심벌즈여!"

요카난임을 알아차리고 사람들이 이름을 쑥덕거렸다. 다른 사람들도 달려왔다.

"오, 민중이여! 너희에게 불행 있으라! 유다의 반역자들이여, 에프라임의 주정뱅이들이여, 비옥한 계곡에 살며 포도주 냄새에 취해 비틀거리는 자들이여, 불행 있으라!

너희들은 흐르는 물처럼, 기어가다가 녹아 버리는 민달팽이처럼, 태양을 보지 못하고 죽은 사산아처럼 사라지리라!

모아브[47] 백성아, 너는 참새처럼 실백편[48] 위로 몸을 피하고, 쥐처럼 은신처로 몸을 피해야 하리라. 성채의 문들은 호두 껍질보다 빨리 부서질 것이며, 성벽은 무너지고 도시는 불타오를 것이다. 주님의 재앙은 멈추지 않으리라. 염색업자의 통 속에 집어넣은 양털처럼, 주님은 너희 손을 핏속에 담그리라. 주님은 너희를 날카로운 쇠스랑으로 찢을 것이며, 갈가리 찢긴 너희 살점들을 산에 흩뿌리리라!"

그는 대체 어떤 정복자에 대해 말하는 거지? 비텔리우스를 가리키는 걸까? 그렇게 말살할 수 있는 사람은 오직 로마

---

[47] 모아브는 소돔의 재앙을 피할 수 있었던 롯과 그의 큰딸 사이에서 근친상간으로 태어난 아들이다. 모아브족은 사해 동쪽에 거주했다.

[48] 애도의 상징으로 고대인이 묘지에 심었던 나무.

인밖에 없으니까. 불평하는 소리가 터져 나왔다. "그만! 그만! 그 사람에게 그만하라고 해!"

그가 더 큰 목소리로 계속 말했다.

"어머니의 시체 옆에서 어린아이들이 잿더미를 기어 다니리라. 사람들은 칼 맞을 위험을 무릅쓰고 밤에 폐허를 뒤지며 빵을 찾으리라. 저녁에 노인들이 한담을 나누던 광장에서 자칼들이 시체의 뼈를 빼앗으려고 서로 싸우리라. 너희 순결한 처녀들은 눈물을 삼키며 이방인들의 잔치에서 키타라를 연주하리라. 가장 용맹한 너희 아들들은 무거운 짐에 짓눌려 살갗은 벗어지고 등뼈는 휘리라!"

민중은 그들이 유배당했던 시기를, 그들의 역사에서 전해지는 대재앙을 다시 눈앞에서 보는 듯했다. 이는 옛 예언자들의 예언과 다르지 않았다. 요카난이 그것들을 하나씩 크게 울리는 천둥처럼 내뱉었다.

그러다가 목소리가 부드럽고 조화로워지면서 노래하듯 변했다. 그는 해방을, 하늘나라의 화려함과 용의 동굴에 한 팔을 넣은 신생아를, 진흙 대신 황금을, 사막이 장미처럼 피어나는 모습을 예고했다.

"지금의 60키카르[49]는 한 푼의 가치도 없을 것이다. 바위 틈 샘에서 우유가 솟으며, 백성들은 배를 두드리며 포도주 창고에서 잠이 들 것이다! 제가 기다리는 당신은 언제 오시나이까! 온 민족이 미리 무릎을 꿇으니, 다윗 왕의 아들이여, 당신의 지배는 영원할 것입니다!"

다윗의 아들이라는 존재가 자신을 위협하고 모욕하기라

---

49   당시의 금화 단위.

도 한 것처럼, 안티파스가 뒤로 물러섰다.

요카난은 다윗의 아들에게 주어진 왕권을 옹호하며 안티파스에게 욕설을 퍼부었다.

"주님 외에 다른 왕은 없도다! 자신을 위해 정원을 꾸미고, 자신을 위해 동상을 세우고, 자신을 위해 상아 가구를 만드는 것은 부도덕한 아합[50]과 같다!"

안티파스는 가슴에 늘어뜨린 도장 끈을 끊어 도장을 구덩이 안으로 던지며 닥치라고 명령했다.

목소리가 대답했다.

"곰처럼, 야생 당나귀처럼, 해산하는 여인처럼 외치리라!
너의 근친상간에는 이미 징벌이 내려졌다. 신이 너를 노새처럼 불임으로 괴롭히시니."

찰랑거리는 물결처럼 웃음소리가 높아졌다.

비텔리우스는 끝까지 그 자리에 남았다. 요카난이 자국어로 포효하듯 내뱉는 이 모든 욕들을 통역관이 로마어로 냉정하게 다시 밀했다. 왕과 헤로디아는 어쩔 수 없이 그 욕을 두 번 들어야 했다. 왕은 헐떡였고 헤로디아는 눈을 크게 뜨고 우물 바닥을 지켜보았다.

그 끔찍한 사람이 머리를 뒤로 젖히더니 창살을 움켜쥐고 얼굴을 갖다 댔다. 그의 얼굴은 숯불 두 개가 활활 타오르는, 반짝이는 가시덤불 같았다.

"아! 너로군, 이세벨![51]

---

50 아합은 이스라엘의 왕으로 아내 이세벨의 말을 듣고 우상을 섬겼으며, 왕궁 옆 포도밭을 빼앗기 위해 주인을 죽였다.(「열왕기 상」 21장)

51 아합의 아내. 요카난이 안티파스와 헤로디아의 관계를 아합과 이세벨의 관계로 빗대어 야유하고 있다.

네 구두 소리가 그의 마음을 사로잡았구나. 너는 암말처럼 힝힝 울었어. 너는 산 위에 침실을 지어 네 희생 제의를 완수하였구나.

주님께서 너의 귀걸이와 자주색 드레스, 모시 베일, 팔찌, 발가락 반지, 이마 위에서 흔들리는 작은 초승달 같은 황금 장식, 은거울, 타조털 부채, 돋보이도록 굽을 높인 진주 구두, 네 자랑인 다이아몬드, 향기로운 머리카락, 매니큐어 칠한 손톱, 너의 부드러움을 만들어 낸 모든 인위적인 것들을 빼앗을 터다. 그리고 간통한 자를 쳐 죽이기에는 돌이 모자랄 것이다!"

그녀는 주변에 도와줄 사람이 있는지 찾아보았다. 바리새인들은 위선자들처럼 눈을 피했다. 총독의 비위를 거스를까 봐 사두개인들은 고개를 돌렸다. 안티파스는 죽어 가는 것처럼 보였다.

목소리가 점점 크게 퍼져 나가더니, 천둥이 찢어지듯, 요란하게 울렸다. 그 소리가 산에서 메아리치면서 배가되어 벼락 치듯 마케루스를 내리쳤다.

"바빌론의 딸이여, 먼지 속에 누워라! 밀가루를 빻아라! 허리띠를 풀고, 신발을 벗고, 치마를 높이 추켜올리고 강을 건너라! 너의 수치가 드러나리라! 너의 타락이 보이리라! 울다 지친 너의 이빨이 부러지리라! 주님은 너의 죄악의 악취를 싫어하신다! 저주받은 여인아! 저주받은 여인아! 암캐처럼 죽어라!"

문이 닫히고 뚜껑이 다시 덮였다. 마나에이는 요카난을 목 졸라 죽이고 싶었다.

헤로디아는 사라지고 없었다. 바리새인들은 분노를 터뜨렸다. 그들 가운데에서 안티파스는 변명하고 있었다.

엘레아자르가 말했다. "물론 형제의 부인과 결혼을 해야지요. 하지만 헤로디아는 과부가 아니었고, 더군다나 아이도 한 명 있었어요. 가증스러운 부분은 바로 그거예요."

사두개인 요나타스가 이의를 제기했다. "그릇된 일이오! 그릇된 일이오! 법은 이런 결혼을 절대적으로 금하지는 않지만 처벌합니다."

안티파스가 말했다. "상관없소! 사람들이 나를 아주 부당하게 대하는군. 압살롬[52]은 아버지의 후궁들과 동침했고, 유다[53]는 며느리와, 암논[54]은 여동생과, 롯은 제 딸들과 동침하지 않았소."

잠시 잠들었던 아울루스가 바로 그 시점에 다시 나타났다. 무슨 일이 있었는지 전해 듣고 그는 왕의 편을 들었다. 그는 그런 어리석은 짓을 하는 데 조금도 거리낌 없어야 한다면서, 사제들이 비난하는 내용이나 요카난이 화를 낸다는 사실을 비웃어 댔다.

헤로디아가 층계 가운데에 서 있다가 아울루스 쪽으로 몸을 돌렸다.

"잘못 생각하고 계십니다, 각하! 그는 백성들에게 세금을

---

52   압살롬은 다윗 왕의 셋째 아들로, 이복형 암논을 살해하고 다윗 왕에게서 용서를 받았지만 반란을 일으켰다. 아버지에게 대적하는 아들임을 보여 주기 위해 다윗 왕의 후처들과 동침한다.(「사무엘 하」16장 21~22절)

53   유다는 야곱의 아들로 형제들이 요셉을 죽이고자 할 때 반대했다. 유다에게는 아들이 셋 있었는데, 첫째 아들이 다말과 결혼했으나 곧 죽고 둘째 아들이 다말과 다시 결혼한다. 둘째 아들도 죽자 다말이 셋째 아들마저 남편으로 달라고 했으나 유다가 거절한다. 다말이 창녀 복장을 하고 유다와 정을 통하여 임신한다.(「창세기」38장 12~18절)

54   암논은 다윗 왕의 큰아들로 이복 여동생 다말을 강간했다.(「사무엘 하」13장)

내지 말라고 선동하고 있습니다."

"정말이오?" 징세 청부인이 즉시 물었다.

대부분 그렇다고 대답했다. 왕이 그 대답에 힘을 실었다.

비텔리우스는 죄수가 도망칠 수도 있겠다고 생각했다. 안티파스의 행동이 미심쩍어서 성문과 안뜰에 보초를 세웠다.

그런 후에 그는 자기 거처 쪽으로 발걸음을 옮겼다. 사제 대표들이 그를 따라갔다.

그들은 제사장직 문제는 건드리지도 않고 저마다 불평을 늘어놓았다.

모두 그를 귀찮게 따라다녔다. 그가 사람들을 내보냈다.

요나타스가 비텔리우스 곁을 떠나면서 보니, 안티파스가 성의 요철이 있는 곳에서 머리카락이 길고 흰옷을 입은 에센파 사람과 이야기를 나누고 있었다. 그는 안티파스 편을 든 것이 후회되었다.

어떤 생각이 떠오르자 왕의 마음이 다소 안정되었다. 요카난은 더 이상 자신이 해결해야 할 문제가 아니었다. 로마인들이 요카난 문제를 떠맡겠지. 얼마나 다행이야! 파뉘엘이 그때 순찰로에서 서성이고 있었다.

왕이 파뉘엘을 불러, 병사들을 가리키며 말했다.

"저들이 가장 강한 자들이오! 나로서는 그를 풀어줄 수가 없소! 내 잘못이 아니란 말이오!"

안뜰은 텅 비어 있었다. 노예들도 휴식을 취했다. 지평선을 불태우는 붉은 하늘 앞에서, 수직으로 서 있는 것들은 가장 작은 것조차 검게 두드러져 보였다. 안티파스의 눈에 사해 반대편 끝에 있는 염전도 뚜렷이 드러나 보였지만, 아랍인들의 천막은 더 이상 보이지 않았다. 혹시 떠난 걸까? 달이 떠올랐다. 그의 마음속에 평온이 깃들었다.

파뉘엘은 낙담한 듯, 턱을 가슴에 대고 가만있었다. 마침내 해야 할 말을 털어놓았다.

이달 초부터 그는 페가수스자리가 하늘 꼭대기에 있는 동트기 전의 하늘을 지켜보았다. 큰곰자리는 겨우 모습을 드러내는 정도였고, 페르세우스자리의 알골 별은 흐려졌으며 고래자리의 별 미라쾨티스는 사라져 버렸다. 고로 바로 오늘밤, 마케루스에서 주요 인사가 사망하리라는 점괘가 나온 것이었다.

누가 죽는 거지? 비텔리우스는 지나칠 정도로 호위를 잘 받고 있고, 요카난은 처형되지 않을 것이다. '그렇다면 나잖아!' 왕이 생각했다.

혹시 아랍인들이 돌아오는 게 아닐까? 총독이 파르티아 제국과 자기의 관계를 알지도 모르지! 예루살렘의 살인 청부업자들이 사제들을 호위하고 있어. 그들은 옷 속에 단도를 감추고 있지. 왕은 파뉘엘의 학식을 의심하지 않았다.

헤로디아에게 도움을 청하자는 생각이 들었다. 그녀를 증오하긴 하지만 그녀가 용기를 북돋워 줄지도 몰랐다. 그리고 전에 그가 느꼈던 매혹의 관계가 모두 끊어진 것은 아니었다.

왕이 그녀의 방에 들어섰을 때, 반암 수반에서 계피향이 피어올랐다. 그리고 분, 방향제, 구름 같은 천들, 깃털보다 가벼운 자수들이 흩어져 있었다.

그는 파뉘엘의 예언도, 유대인과 아랍인에 대한 두려움도 언급하지 않았다. 그녀가 자신을 비겁하다고 비난할 수도 있었기 때문이다. 그는 로마인에 대해서만 말했다. 비텔리우스는 군사 계획에 대해 털어놓은 바가 아무것도 없었다. 또 비텔리우스가 아그리파가 자주 찾아다니던 카이우스의 친구가 아닐까 하는 생각도 들었다. 그러면 자신은 유배에 처하거나 아니면 목 졸라 살해당할 것이다.

헤로디아는 거만하면서도 관대한 태도로 그를 안심시켜 주려고 애썼다. 마침내 그녀가 작은 상자에서 티베리우스 황제의 옆얼굴이 조각된 독특한 메달을 꺼냈다. 그것은 호위병들을 창백하게 만들고 고발을 잠재우기에 충분했다.

안티파스는 감동도 되고 감사하는 마음도 생겨서 어떻게 그 메달을 손에 넣었는지를 물었다.

"누가 주었어요." 그녀가 대답했다.

정면에 있는 휘장 아래에서 젊은 사람의 맨팔 하나가 나왔다. 그 팔은 폴리클레토스[55]가 상아를 다듬어 만든 것처럼 매혹적이었다. 약간 서투르지만 우아하게, 그 팔은 벽 가까이 있는 나무 의자 위에 둔 튜닉을 집으려고 허공에서 더듬거렸다.

노파 한 명이 커튼을 열고 그것을 천천히 건네주었다.

왕에게 어떤 기억이 떠올랐지만 정확하게 뭔지는 알 수 없었다.

"저 노예는 당신 소유인가?"

"당신은 상관없잖아요?" 헤로디아가 대답했다.

---

55 고대 그리스에서 널리 알려진 조각가.

3

식사할 손님들이 향연장을 가득 채웠다.

향연장은 대성당처럼 중앙 홀이 세 개인데, 기둥머리를
청동 조각으로 장식한 박달나무 기둥들로 홀이 나뉘었다. 홀
위로는 창문이 회랑처럼 두 열로 줄지어 이어졌고, 금으로 세
공된 세 번째 회랑은 다른 쪽 끝에서 열리는 거대한 아치형 문
을 마주하고 안쪽에서 불쑥 튀어나와 있었다.

내부 공간을 따라 식탁들이 길게 늘어섰고, 그 위에 놓인
채색 토기잔과 구리 쟁반, 입방체형 얼음, 산더미 같은 포도
사이로 큰 촛대의 촛불이 불의 덤불을 이뤘다. 그러나 천장이
높아서 이 붉은 광채는 점차 빛을 잃었고, 촛불 끝만 밤에 나
뭇가지 사이로 보이는 별처럼 빛났다. 활짝 열린 창문 너머로
집집마다 테라스에 피워 놓은 횃불이 보였다. 안티파스가 친
구들, 백성들, 참석한 모든 사람들에게 축제를 베푼 것이다.

소리 나지 않도록 펠트를 씌운 샌들을 신고 노예들이 개
처럼 날쌔게 쟁반을 들고 돌아다녔다.

총독의 식탁은 황금색 누각 아래, 무화과나무 판자 연단에

차려졌다. 바빌로니아산 양탄자가 식탁을 천막처럼 감쌌다.

상아 침상이 정면에 하나, 측면에 둘, 총 세 개 있었는데 비텔리우스, 그의 아들, 안티파스가 하나씩 차지했다. 총독이 왼쪽 문 옆에, 아울루스가 오른쪽에, 왕이 중앙에 자리 잡았다.[56]

왕은 무거운 검은색 망토를 입었는데, 다채로운 장식을 덧대서 옷감은 잘 보이지 않았다. 광대뼈에는 화장을 했고 수염은 부채 모양이었으며 머리카락에는 하늘색 분을 바르고 보석을 박은 왕관을 꼭 맞게 썼다. 비텔리우스는 칼을 메는 주홍끈을 모시 토가 위로 비스듬히 늘어뜨려 계속 달고 있었다. 아울루스는 은실 자수를 놓은 보라색 비단옷 소매를 등 뒤로 이었다. 나선형으로 길게 구불거리는 머리카락은 층이 졌고, 여자처럼 살 오른 흰 가슴에서는 사파이어 목걸이가 빛났다. 그의 곁에 아주 잘생긴 남자아이가 팔자 다리로 돗자리에 앉은 채 계속 웃고 있었다. 부엌에서 일하던 아이였는데, 그는 그 아이 없이는 지낼 수가 없었다. 그 아이의 칼데아[57] 이름을 기억하지 못해서 그냥 '아시아 애'라고 불렀다. 이따금 그는 연회 침상에 몸을 눕혔다. 그러면 그의 맨발이 좌중을 굽어보았다.

아울루스 쪽에는 사제들과 안티파스의 신하들, 예루살렘 주민들, 그리스 도시의 주요 인사들이 있었다. 총독의 연회 침상 아래에는 마르셀루스와 징세 청부인들, 왕의 후원자들, 가나, 프톨레마이드, 제리코[58]에서 온 인물들이 있었다. 그리고

---

56   로마인들은 식탁을 중앙에 두고 ㄷ자 모양으로 자리를 배치했다. 각 자리마다 세 명씩 앉거나 침상처럼 누울 수 있었다. 일반적으로 가장 왼쪽 자리가 상석이며, 가운데 자리가 주빈, 오른쪽 자리는 다른 손님들이 앉는다.

57   메소포타미아 지역의 티그리스 강과 유프라테스 강 사이에 있는 지역이다.

58   도시 이름들이며, 가나는 혼례의 기적으로 유명하다.(「요한복음」 2장 1~11절)

리비아 산악 지방 사람들과 헤롯의 늙은 군인들이 뒤섞여 있었다. 그 군인들은 트라키아인 열두 명, 골족 한 명, 독일인 두명, 가젤 사냥꾼들, 이두메의 목동들, 팔미라의 술탄, 에지온가베의 선원들이었다. 그들 앞에는 손가락을 씻기 위해 마련된 부드러운 밀가루 반죽이 하나씩 놓여 있었다. 그들은 독수리 목처럼 팔을 길게 뻗어 올리브, 땅콩, 아몬드를 집어 들었다. 화관을 쓴 그들은 모두 즐거운 표정이었다.

바리새인들은 로마의 음란한 관행이라며 화관을 거부해왔다. 그들에게 갈바눔 방향제와 향을 뿌리자 그들은 몸을 떨었다. 향은 신전에서만 사용하도록 제한되어 있었다.

아울루스는 그것으로 겨드랑이를 문질렀다. 클레오파트라가 팔레스타인에서 탐냈던 진품 방향제 세 광주리를 향과 함께 잘 챙겨 주겠다고 안티파스가 아울루스에게 약속했다.

티베리아드[59] 주둔 지휘관이 조금 전에 와서 놀라운 사건에 대해 이야기하려고 안티파스 뒤에 섰다. 그러나 안티파스의 관심은 총독과 옆 식탁에서 나누는 이야기에 쏠려 있었다.

옆 식탁에서는 요카난과 요카난 부류의 사람들에 대해 이야기하고 있었다. 지타의 시몬[60]이 불로 죄를 씻었다는 것이다. 예수라는 사람이……

"그들 중에서 그자가 최악이오! 야비한 요술쟁이에 불과한 놈이란 말이오!" 엘레아자르가 외쳤다.

---

59 헤롯 안티파스가 티베리우스 황제의 이름을 따서 만든 도시로, 이스라엘 북쪽에 위치한 갈릴리 지방의 수도다. 예루살렘 사원이 파괴된 후에 유대인의 정신적 중심지가 되었다.

60 사마리아의 지타 출신인 시몬은 마술사로, 베드로와 요한에게서 성령을 줄 수 있는 안수 능력을 돈으로 사려고 했다.(「사도행전」 8장 4~25절)

왕 뒤에서 어떤 남자가 일어섰다. 그의 망토 가장자리만큼 창백한 사람이었다. 그는 연단을 내려가 바리새인들에게 말을 걸었다.

"거짓말이오! 예수님께서는 기적을 일으키셨습니다!"

안티파스는 기적을 보고 싶었다.

"자네가 그 사람을 데려왔으면 좋았을 텐데! 들려주게!"

그러자 야곱은 자기 딸이 아파서 예수님께 낫게 해 달라고 간청하러 가버나움[61]에 갔었다고 말했다. 예수님이 대답했다. "집으로 돌아가거라, 네 딸은 다 나았다." 돌아와 보니 야곱의 딸이 문턱에 나와 있었다. 궁정의 해시계가 3시를 알릴 때 딸이 병석에서 일어났는데, 이는 그가 예수님께 말을 걸었던 시각이었다.

바리새인들이 반박했다. "그럴 만한 방법도 없지 않고 강력한 약초가 존재하는 것도 분명한 사실이야! 심지어 여기 마케루스에서도 불로초인 바아라스[62]가 가끔 발견되니까. 그렇지만 보지도 만지지도 않고 치유하는 건 불가능해. 예수가 악마를 부리지 않는다면 말이지."

안티파스의 후원자들, 갈릴리의 유력 인사들이 고개를 끄덕이며 말을 이었다.

"악마야, 분명해."

야곱은 그들의 식탁과 사제들의 식탁 사이에 서서, 고결하고 부드러운 태도로 침묵을 지켰다.

---

61 세례자 요한이 체포된 후 예수가 피신한 갈릴리 지방의 도시다. 이후 이 도시는 예수의 설교와 이적 행위의 중심지가 된다.(「마태복음」 4장 12~17절)

62 바아라스는 불꽃색이고 별처럼 반짝이며 만지면 죽는다고 알려진 전설상의 풀로, 상처를 낫게 하고 중독되지 않도록 하는 효험이 있다고 한다.

그들이 야곱에게 말을 하라고 강요했다.

"그의 능력을 증명해 보이시오!"

야곱이 어깨를 굽히고, 제 말에 겁먹은 듯 나지막하게 천천히 말했다.

"그럼 여러분은 그분이 메시아임을 모르십니까?"

모든 사제들이 서로 얼굴을 쳐다보았다. 비텔리우스는 그 단어가 무슨 의미인지 설명을 요구했다. 통역관이 잠시 지체하더니 대답했다.

유대인들은 그들에게 모든 재산을 향유하도록 해 주고 모든 민족을 지배하도록 하는 해방자를 메시아라고 불렀다. 심지어 두 명이 있다고 주장하는 사람들도 있었다. 첫 번째 메시아는 북쪽의 악마들인 곡과 마곡에게 패배할 것이었다. 그러나 두 번째 메시아는 악의 왕자를 절멸시킬 것이었다. 수세기 동안 그들은 늘 메시아를 기다려 왔다.

사제들이 의논한 결과 엘레아자르가 발언권을 얻었다.

우선 메시아는 디윗의 후손이지 목수의 자식은 아닐 터였다. 그는 율법을 확고히 해 줄 것이었다. 그런데 이 나사렛 사람은 율법을 공격했으며, 더 강한 논거를 들자면 엘리야가 그 사람보다 먼저 와야 했다.

야곱이 대답했다.

"그렇지만 엘리야는 와 있습니다!"

"엘리야! 엘리야!" 연회장 반대편에 있던 군중까지 계속해서 외쳤다.

날고 있는 까마귀 떼 밑에 있는 노인,[63] 천둥을 쳐서 재단

---

63 엘리야는 아합 왕 시대의 예언자로, 하느님 말씀에 따라 개울에서 살았고, 까

을 불태우고 우상을 숭배하는 고위 성직자를 급류에 던지는 노인을 모두들 상상 속에서 보았다. 연단에 있는 여자들은 사렙타의 과부[64]를 떠올렸다.

야곱은 그분을 안다고 다시 한 번 목이 터져라 말했다. 그는 그분을 보았던 것이었다! 백성들도 마찬가지였다!

"그의 이름은?"

그러자 그가 온 힘을 다해 외쳤다.

"요카난!"

안티파스는 가슴을 정통으로 얻어맞은 것처럼 뒤로 넘어졌다. 사두개인들이 야곱에게 달려들었다. 엘레아자르는 거드름을 피우며 자기 말에 귀 기울이라고 했다.

잠잠해지자 그는 망토로 몸을 감싸고 재판관처럼 질문했다.

"예언자가 죽은 이상……"

수군거리는 소리에 그가 말을 멈추었다. 사람들은 엘리야가 단순히 사라졌다고 믿고 있었다.

그는 군중에게 화를 내고는 심문을 계속했다.

"엘리야가 부활했다고 생각하는 거요?"

"안 될 이유가 있습니까?" 야곱이 대답했다.

사두개인들이 어깨를 으쓱했다. 요나타스는 작은 눈을 크게 뜨고 어릿광대처럼 애써 웃음을 지었다. 육체가 영원히 산다는 주장만큼 어리석은 일은 없었다. 그리하여 그는 총독을 위해서 당대 시인의 시를 낭독했다.

마귀들에게서 떡과 고기를 얻었다.(「열왕기 상」 18장 2~7절)

64 사렙타의 가난한 과부에게 엘리야가 밀가루와 기름을 부풀리고 아들을 살려 내는 기적을 행했다.(「열왕기 상」 18장 8~24절)

죽은 후에 그것은 성장하지 않으며 지속되지도 않으리.[65]

Nec crescit, nec post mortem durare videtur.

아울루스는 배에 주먹을 대고 연회 침상 끝에서 몸을 숙이고 있었다. 이마에 진땀이 흐르고 얼굴은 시퍼레져 있었다.

사두개인들이 크게 불안해했다. 그다음 날이면 제사장 지위가 그들에게 주어질 터였다. 안티파스는 절망감을 드러내 보였다. 비텔리우스는 냉정한 태도를 고수했다. 그러나 그는 격한 불안감을 느꼈다. 아들이 죽으면 그의 행운도 끝나리라.

아울루스는 계속 토하면서도 다시 먹으려고 했다.

"대리석 부스러기, 낙소스 섬의 편암, 바닷물, 뭐든 가져와! 목욕을 하면 어떨까?"

그가 얼음을 씹어 먹었다. 그리고 코마젠 항아리에 든 테린[66]과 분홍색으로 익힌 지빠귀 사이에서 주저하더니 꿀에 절인 호박으로 결정했다. 아시아 애가 그를 응시했다. 게걸스럽게 먹는 능력 속에서 비범한 인물이며 우월한 종족임이 느러나 보였던 것이다.

황소의 콩팥, 들쥐, 꾀꼬리, 포도잎에 싼 다진 고기 요리가 나왔다. 사제들은 부활에 대해 토론했다. 플라톤주의자 필론의 제자인 암모니우스는 사제들이 어리석다고 생각하고, 신의 예언 따위에는 아랑곳 않는 그리스인들에게 그 사실을 말했다. 마르셀루스와 야곱은 의기투합했다. 마르셀루스는

---

65 루크레티우스, 『사물의 본성에 대하여』. 여기에서 '그것'은 "영혼이 없는 육체"를 말한다.

66 코마젠은 고대 그리스의 지방이다. 테린은 파테를 만드는 그릇으로, 테린 자체를 파테라는 뜻으로도 사용한다.

야곱에게 미트라교[67]의 세례에서 느꼈던 행복감을 이야기했고 야곱은 마르셀루스에게 예수를 따르라고 권했다. 사페트 마을과 비블로스 마을의 전통주 야자수주와 타마리스가 단지에서 큰 잔으로, 큰 잔에서 작은 잔으로, 작은 잔에서 목구멍으로 흘러내렸다. 사람들이 떠들썩하게 잡담하고 심정을 토로했다. 이아심은 유대인이긴 했지만 더 이상 점성술에 대한 경배를 감추지 않았다. 아파카의 어떤 상인은 히에라폴리스 사원의 경이로운 현상을 자세히 설명함으로써 유목민들을 놀라게 했다. 유목민들은 순례 비용이 얼마나 들지 물어보았다. 다른 사람들은 원래 자기들의 종교에 집착했다. 거의 눈이 먼 게르만인은 신들이 얼굴에서 빛을 뿜으며 나타난다는 스칸디나비아의 곳을 찬양하는 찬가를 불렀다. 시셈 사람들은 아키마의 비둘기[68]에 대한 공경으로 멧비둘기 요리를 먹지 않았다.

몇 사람이 연회장 중앙에서 이야기를 나누었다. 촛대에서 나오는 연기와 입김이 뒤섞여 공기에 안개가 낀 듯했다. 파뉘엘이 벽을 따라 지나갔다. 그는 다시 하늘을 살펴보고 돌아왔지만 기름 자국이 남을까 봐 왕에게로 나아가지 않았다. 기름 자국은 에센파 사람들에게는 커다란 오점으로 여겨졌다.

성문을 두드리는 소리가 울려 퍼졌다.

이곳에 요카난이 갇혀 있다는 사실이 이제 사람들에게 알려진 것이다. 횃불을 든 사람들이 오솔길을 기어오르고, 계곡

67　미트라는 조로아스터교에서 태양 신을 의미한다. 고대 로마에서는 기독교가 들어오기 전에 유행했는데, 미트라교에 입문하는 과정에는 물, 불, 단식으로 정화하는 의식이 포함되어 있다.

68　사마리아인은 비둘기를 아키마라고 부르며 신적 속성을 부여하고 공경했다.

에서 우글거리는 사람들이 시꺼멓게 보였다. 그들은 이따금 고함을 질렀다. "요카난! 요카난!"

"그가 모든 걸 망치는군!" 요나타스가 말했다.

"계속 이렇게 되면, 우린 무일푼이 될 거요!" 바리새인들이 이어 말했다.

갖가지 비난이 쏟아져 나왔다.

"우리를 보호해 주시오!" "그를 죽이시오!" "왕은 종교를 버리고 있소!" "헤롯 집안사람들은 신앙이 없어!"

안티파스가 대꾸했다. "당신들보다는 덜하지! 당신들에게 신전을 세워 준 건 우리 부친이란 말이야!"

그러자 바리새인, 추방자의 자식, 마타티아스[69] 지지자들이 헤롯 가문의 죄악을 열거하며 안티파스를 비난했다.

그들의 머리는 뾰족했고, 수염은 곤두서 있었으며, 손은 무력하고 보잘것없었고, 코가 납작하고, 눈은 크고 둥글었고, 표정은 불도그 같았다. 번제(燔祭)드리고 남은 것을 먹고 사는 사제들의 서기들과 하인들, 열두 녕쯤 되는 인원이 연단 아래까지 뛰어와서 칼을 들고 안티파스를 위협했다. 안티파스는 그들에게 장광설을 늘어놓았고 사두개인들은 그를 옹호하긴 했지만 그다지 적극적이지 않았다. 안티파스가 마나에이를 쳐다보며 관여하지 말라는 신호를 보냈다. 비텔리우스가 이일은 마나에이와는 상관없다고 몸짓으로 알렸던 것이다.

연회 침상에 남아 있던 바리새인들이 악마처럼 미쳐 날뛰기 시작했다. 그들은 자기들 앞에 있는 접시를 깨뜨렸다. 그들

---

69 기원전 2세기의 유대 정치적·종교적 지도자로서 우상 숭배를 거부했다. 그의 아들들이 후에 하스몬 왕가를 창시했다.

에게 메세나[70]가 좋아했던 야생 당나귀 스튜를 대접했는데, 당나귀는 그들에게 불결한 고기였던 것이다.

아울루스가 당나귀 머리를 숭배하는 바리새인들을 비웃었다. 또 돼지를 싫어하는 것도 분명히 이 커다란 동물이 이들의 바쿠스 신을 죽였기 때문인가 보다고 빈정댔다. 신전에서 황금 포도나무가 발견된 것만 봐도 그들은 포도주를 지나칠 정도로 좋아하니 말이다.

사제들은 그가 무슨 말을 하는지 이해하지 못했다. 갈릴리 출신인 피네는 그 말을 통역하기를 거부했다. 그러자 아울루스가 지나치게 화를 냈다. 아시아 애가 겁에 질려 도망갈 정도였다. 게다가 식사도 아울루스의 마음에 들지 않았다. 요리가 충분히 달콤하지 않고 보잘것없었다. 시리아 암양의 꼬리가 비겟덩어리째 나오자 그는 진정되었다.

비텔리우스에게는 유대인들의 성격이 끔찍하게 여겨졌다. 오면서 제단을 여러 번 보았는데, 그들의 신은 몰록[71]일 확률이 높았다. 그들이 신비로운 방법으로 살찌운다는 사람에 대한 이야기와 함께 아이들의 희생 의례가 기억났다. 그들의 편협함, 우상 파괴적 열정, 장애 있는 짐승 같은 태도 때문에 라틴인으로서 그의 가슴에 혐오감이 가득 찼다. 총독은 일어서고 싶었지만 아울루스가 가지 않겠다고 거절했다.

엉덩이까지 흘러내린 옷을 추스르지도 않고, 아울루스는 무더기로 쌓인 음식물 뒤에 드러누웠다. 너무 먹어서 더 먹을 수도 없으면서 그는 계속 고집을 부리며 자리를 뜨지 않았다.

---

70   메세나는 옥타비아누스 황제의 측근으로 문학과 예술의 옹호자다.
71   가나안 지역에서 어린아이를 희생 제물로 받는 신.

백성들은 점점 더 흥분했다. 그들은 독립 계획에 몰두해 있었다. 누군가 이스라엘의 영광을 환기했다. 안티곤, 크라수스, 바루스……[72] 정복자들은 모두 벌을 받았다.

"불쌍한 놈들이군!" 총독이 말했다. 그는 시리아 말을 알아들었다. 그에게 통역관은 단지 대답할 시간을 버는 데 도움이 될 뿐이었다.

안티파스는 재빨리 황제의 메달을 꺼냈다. 몸을 떨며 총독을 바라보면서 황제의 초상이 있는 쪽을 가리켰다.

황금색으로 치장한 연단의 판들이 갑자기 접히더니, 촛불이 화려하게 불을 밝히는 가운데, 노예들과 아네모네 꽃줄 장식 사이로 헤로디아가 나타났다. 턱 끈을 머리에 연결하는 아시리아풍 모자를 썼는데, 나선형으로 돌돌 만 머리카락이 소매를 따라 깊이 파인 진홍색 웃옷 위로 늘어져 있었다. 아트레우스[73]의 보물을 지키는 괴물들과 비슷하게 생긴 석상 두 개가 문에 기대어 몸을 일으키고 서 있어서, 그녀는 사자들에게 몸을 기댄 키베레 여신[74]처럼 보였다. 안티파스 위에 솟아 있는 높은 난간에서 그녀가 손에 큰 술잔을 들고 외쳤다.

"황제 폐하 만세!"

비텔리우스, 안티파스, 사제들이 따라 외쳤다.

---

72 안티곤은 파르티아 제국의 도움으로 왕위에 오른 인물로, 안토니우스가 지지한 헤롯 대왕이 그를 몰아냈다. 크라수스는 1차 삼두 정치를 이끈 로마의 정치인이지만 파르티아군에게 패하고 시리아에서 죽었다. 바루스는 유대인의 반란을 진압했지만, 아르미니우스의 공격을 받아 용병들과 함께 죽었다.

73 그리스 신화의 유명한 집안으로 아가멤논이 특히 유명하다.

74 프리기아의 여신으로 신들의 어머니 역할을 한다. 아버지로부터 버림받은 여신을 사자가 키웠다고 한다.

그런데 연회장 안쪽에서 놀리움과 감탄의 소리가 웅성웅성 들려왔다. 한 젊은 처녀가 들어섰던 것이다.

가슴과 머리를 가린 푸르스름한 베일 아래로 활 모양으로 휘어진 눈과 우윳빛 보석 귀걸이, 흰 피부만 눈에 띄었다. 비둘기 목털처럼 빛에 따라 색깔이 바뀌는 정사각형 비단이 어깨를 살짝 가리고, 금은 세공을 한 허리띠가 그 비단을 허리에 고정시키고 있었다. 검은색 속옷에는 만드라고라꽃이 흩뿌려져 있었다. 벌새 깃털로 만든 작은 실내화를 신은 여성이 무사태평하게 천천히 걸어왔다.

연단에 올라가서 그녀가 베일을 벗었다. 과거 젊었을 때의 헤로디아 모습 그대로였다. 그녀는 춤을 추기 시작했다.

플롯과 한 쌍의 캐스터네츠의 박자에 맞춰 그녀가 한 발씩 발을 옮겼다. 그녀는 팔을 둥글게 모은 자세로 계속 달아나는 누군가를 부르고 있었다. 호기심 많은 프시케[75]처럼, 방황하는 영혼처럼, 나비보다 가볍게 그 사람을 쫓다가 곧 날아가 버릴 것 같았다.

캐스터네츠 소리에 이어 쟁그라의 슬픈 음조가 흘러나왔다. 희망에 이어 낙담이 찾아온 것이었다. 그녀의 태도에 탄식하는 마음이 드러났으며 온몸으로 이 같은 권태를 표현해서 그녀가 신의 죽음을 한탄하는지 신의 애무 중에 죽어 가는지 알 수 없었다. 그녀는 눈을 반쯤 감고 허리를 비틀고, 큰 파도가 넘실대듯 허리를 흔들며 자신의 두 가슴을 떨었다. 얼굴은

---

75 큐피드는 프시케에게 자신의 모습을 알려고 하지 말라는 금기를 내렸으나 프시케가 호기심을 이기지 못하고 잠든 큐피드의 얼굴을 본다. 큐피드가 잠에서 깨어나 사라지자 프시케가 뒤쫓는다.

움직이지 않은 채 발이 끊임없이 움직였다.

비텔리우스는 그녀를 무언극 배우 므네스터[76]에 비교했다. 아울루스는 아직도 구토하고 있었다. 왕은 몽상에 잠겨 더 이상 헤로디아를 생각하지 않았다. 그는 사두개인들 옆에서 그녀를 본 것 같았다. 환영이 멀어졌다.

이는 환영이 아니었다. 혹시 왕이 딸 살로메를 사랑하게 되지 않을까 해서 헤로디아가 딸을 마케루스에서 멀리 떨어진 곳에서 교육했던 것이다. 그녀의 생각은 틀리지 않았다. 그녀는 이제 확신했다.

살로메의 춤은 이제 만족되기 원하는 사랑의 격정을 표현했다. 그녀는 인도 여사제처럼, 폭포 속 누비아 처녀처럼, 리디아의 바쿠스 여사제처럼 춤추었다. 폭풍우에 흔들리는 한 송이 꽃처럼 그녀가 이리저리 몸을 젖혔다. 귀에서 반짝이는 귀걸이가 튀어 오르고, 그녀의 등을 감싼 옷감이 영롱하게 빛을 발했다. 그녀의 팔에서, 다리에서, 옷에서 보이지 않는 섬광이 솟아나 남자들을 불타오르게 했다. 하프가 노래하고 많은 사람들이 환호하며 장단을 맞췄다. 무릎을 굽히지 않고 다리를 벌려 몸을 굽혔는데 턱이 바닥을 스칠 정도였다. 금욕 생활에 익숙한 유목민들도, 방탕한 생활에는 전문가인 로마 병사들도, 인색한 징세 청부인들도, 토론으로 신경이 날카로워진 늙은 사제들도 모두 코가 벌름거리고 탐욕으로 가슴이 뛰었다.

그런 다음 마녀가 굴리는 팽이처럼 그녀가 안티파스의 식탁 주위를 미친 듯 돌았다. 관능에 찬 흐느낌으로 사이사이 끊어지는 목소리로, 그가 그녀에게 말했다. "이리 와! 이리 와!"

76 칼리굴라 황제와 클라우디우스 황제 시대에 유명했던 팬터마임 배우.

그녀는 여전히 빙빙 돌았다. 팀파니가 터질 듯 울렸고 군중은 고함을 질렀다. 왕이 더 큰 소리로 외쳤다. "이리 와! 이리 와! 너에게 가버나움을 주겠노라! 티베리아 평원을! 내 성채를! 내 왕국의 절반을 주겠노라!"

그녀는 두 손을 집고 물구나무를 선 채 마치 커다란 풍뎅이처럼 연단을 돌아다녔다. 그러더니 갑자기 멈추었다.

그녀의 목과 척추가 직각을 이루었다. 그녀의 발을 감싸던 갖가지 색깔의 드레스가 무지개처럼 어깨를 지나 그녀의 얼굴 쪽으로 흘러내려 땅에서 50센티미터쯤 떨어진 곳에 이르렀다. 입술에는 빨갛게 루주를 칠했고, 눈썹은 짙고 검었으며 눈빛은 무서울 정도였다. 이마에 맺힌 땀방울은 흰 대리석에 맺힌 수증기 같았다.

그녀는 말이 없었다. 그녀와 왕이 서로 쳐다보았다.

연단에서 손가락으로 딱 하는 소리가 들렸다. 그녀가 연단에 올라갔다가 다시 나타났다. 천진난만한 표정으로 그녀가 아이처럼 약간 혀 짧은 소리로 말했다.

"쟁반에다…… 머리를 담아 주면 좋겠어요."

그녀는 이름을 잊은 듯했다. 그러더니 웃으며 다시 말했다.

"요카난의 머리를요!"

왕은 기진맥진하여 자리에 털썩 주저앉았다.

약속 때문에 어쩔 수 없었다. 백성들이 기다리고 있었다. 그러나 자신에게 예언된 죽음이 다른 사람에게 적용된다면, 그 죽음으로 자신은 죽음에서 벗어날 수 있지 않을까? 요카난이 진짜 엘리야라면 요카난은 죽지 않을 테고, 요카난이 엘리야가 아니라면 죽인대도 조금도 문제 되지 않을 테니까.

마나에이가 그의 옆에 있었다. 마나에이는 그의 의도를

알아차렸다.

비텔리우스가 마나에이를 불러 암호를 알려 주었다. 보초들이 지하 감옥을 지키고 있었던 것이다.

왕은 안심이 되었다. 잠시 후면 모든 게 끝날 테니!

그런데 마나에이가 그 일을 하는 데 제법 지체했다.

마나에이는 충격을 받은 모습으로 돌아왔다.

그가 사형 집행인이라는 직업을 수행한 지 사십 년이었다. 아리스토불을 익사시키고, 알렉산드르[77]를 목 졸라 죽이고, 마타티아스를 산 채로 화형시키고, 조시모스, 파푸스, 요셉, 안티파테르의 목을 자른 사람이 바로 그였다. 그런 그가 요카난을 죽일 수 없다고 했다. 이빨을 딱딱 부딪치며 전신을 떨었다.

마나에이는 지하 감옥 앞에서 사마리아인들의 대천사를 보았는데, 온몸에 수많은 눈들이 달려 있었고, 불꽃처럼 붉고 들쭉날쭉하며 엄청나게 큰 칼을 휘두르고 있었다. 자기가 데려온 병사 두 명이 증언해 주리라고 했다.

병사들은 아무것도 본 것이 없었다. 다만 유대인 지휘관 한 명이 자신들에게 서둘러 달려왔다가 사라졌다고 했다.

화난 헤로디아는 상스럽고 모욕적인 욕설을 폭포처럼 쏟아냈다. 그녀의 손톱이 연단 쇠창살에 부딪혀 부러졌다. 두 사자상이 그녀의 어깨를 깨물고 그녀처럼 울부짖는 것 같았다.

안티파스도 그녀와 똑같이 욕을 하며 화를 냈다. 사제들, 병사들, 바리새인들 모두 복수를 요구했고, 다른 사람들은 쾌락이 만족되지 않고 지연되는 데 화를 냈다.

마나에이가 얼굴을 가리고 나갔다.

---

77   아리스토불과 알렉산드르는 헤롯 대왕의 아들로 둘 다 죽임을 당했다.

참석자들에게는 첫 번째보다 더 길게 여겨졌다. 사람들은 지루해했다.

갑자기 복도에서 발걸음 소리가 울렸다. 불안감이 참을 수 없을 만큼 고조되었다.

머리가 들어왔다. 마나에이가 손가락으로 머리카락을 움켜쥐고 있었는데, 환호를 받자 자랑스러워했다.

그가 머리를 쟁반 위에 내려놓은 뒤 살로메에게 주었다.

그녀가 재빨리 연단으로 올라갔다. 시간이 좀 지나자, 늙은 여자가 머리를 들고 왔다. 왕이 아침에 어떤 집의 테라스에서 보았고, 오후에 헤로디아의 침실에서 보았던 노파였다.

안티파스는 그 머리를 보지 않으려고 뒷걸음질 쳤다. 비텔리우스는 흘끗 시선을 던졌지만 관심이 없었다.

마나에이는 연단을 내려가서, 로마 지휘관들에게 머리를 보여 주고서 그쪽에서 식사하던 모두에게 보여 주었다.

그들은 그 머리를 주의 깊게 살펴보았다.

날카로운 칼날이 위에서 아래로 미끄러지면서 턱이 잘려 있었다. 경련 때문에 입 가장자리가 당겨져 일그러져 있었다. 벌써 피가 응고되어 수염 여기저기에 붙어 있었다. 감은 눈은 희끄무레한 조개껍질 같았다. 주변의 촛대가 불을 밝혔다.

머리가 사제들의 식탁에 이르렀다. 어떤 바리새인이 호기심에 그 머리를 뒤집었다. 마나에이가 머리를 똑바로 세우고 아울루스 앞에 갖다 놓았다. 그 때문에 아울루스가 잠에서 깨어났다. 죽은 눈동자와 생기 없는 눈동자가 서로 마주 보며 이야기를 나누는 것만 같았다.

그러고 나서 마나에이가 그 머리를 안티파스에게 보여 줬다. 왕의 뺨에 눈물이 흘렀다.

횃불이 꺼졌다. 참석자들은 떠났고, 연회장에는 안티파스만 남았다. 두 손을 머리에 대고 시선은 여전히 잘린 머리를 향해 있었다. 파뉘엘은 중앙 홀 가운데에 서서 팔을 쳐들고 중얼거리며 기도를 드렸다.

해 뜨는 순간, 전에 요카난이 파견했던 두 사람이 그토록 오랫동안 기다렸던 답을 가지고 돌아왔다.

대답을 털어 놓자 파뉘엘의 얼굴에 기쁨이 차올랐다.

그가 그들에게 쟁반 위의 그 침울한 대상을 가리켰다. 그것은 연회의 쓰레기들 사이에 있었다. 한 명이 그에게 말했다.

"기운을 내시오! 그리스도의 도래를 알리기 위해 그분은 죽은 자들 가운데로 내려가신 것이오!"

에센파 사람은 이제 그 말을 이해할 수 있었다. "그분이 위대해지기 위해서는 내가 작아져야 하는 것을."

요카난의 머리를 들고 세 사람은 갈릴리 방향으로 갔다.

매우 무거운 탓에 그들은 머리를 빈갈아 들었다.

성스러움의 사실주의적 재현

1

　1857년은 프랑스 문학사에서 기억해 둘 만한 해다. 그해에 피나르 검사가 플로베르의 『마담 보바리』와 보들레르의 『악의 꽃』을 기소했다. 작가가 문학 작품으로 기소를 당하거나 감옥에 갇히는 경우는 흔치 않다. 특히 자신의 실제 삶을 서술해서가 아니라 허구의 작품을 이유로 기소되는 경우는 거의 없다고 해도 과언이 아니다. 얼핏 18세기의 유명한 소설가 사드가 생각나지만, 사디즘으로 유명한 그의 작품들은 대부분 감옥에서 쓴 것이어서 발표한 작품으로 기소된 것과는 차이가 있다. 피나르 검사는 공중의 도덕과 풍속을 해친다는 명목으로 이 작품들을 고발했다. 기소 내용 중에는 『마담 보바리』의 에마와 레옹이 마차를 타고 루앙 거리를 온종일 질주하는 장면이 포함되어 있다. 마차 장면을 읽어 보아도 어떤 부분이 부도덕하고 풍속을 해쳤는지 확인할 길이 없다. 마차를 탈 때 장갑을 끼고 있던 보바리 부인이 커튼을 닫는 장면에서 장갑을 벗은 것으로 묘사되긴 하지만, 이 장면에서 간통을 읽어 낸 피나르 검사의 상상력이 놀라울 따름이다. 실제 이 작품이 기소된 것은 간통을 저지른 에마가 후회하지도 않고, 작가가 화자의 목소리로 적절히 개입하여 이런 행위를 비난하지 않았기 때문이다. 작품을 부르주아 도덕관이 직접적으로 표현되는 장으로 간주한 피나르 검사는 당대 독자들의 문학관을 대변한다. 반면 플로베르는 작가가 직접 개입해 발언하는 문학을 혐오했다.

플로베르의 작품은 초기 습작을 제외하면 여섯 권에 지나지 않는다. 그마저도 마지막 작품 『부바르와 페퀴셰』는 미완이다. 그러나 심리 소설, 우화, 역사 소설을 넘나드는 스타일의 변화나 후대에 끼친 중요성에 비추어 보면, 작품 하나하나의 무게는 작가 한 명의 삶 전체에 버금간다. 사르트르가 이십여 년에 걸쳐 쓴 플로베르의 전기 『집안의 천치』를 굳이 언급하지 않더라도, 20세기 문학, 예를 들어 프루스트나 누보로망에 플로베르가 끼친 영향은 널리 알려져 있다. 한 연구자에 따르면 "플로베르는 프루스트의 작품에 편재하지만 항상 완벽하게 감춰져 있다." 누보로망시에들은 플로베르의 '비개인성'의 문학을 작가가 직접적으로 개입한 발자크 소설에 대한 '누보'로 간주한다.

플로베르의 중요성은 그가 사랑에 대한 새로운 감수성을 전한다는 사실에서도 확인할 수 있다. 한 작가가 시대의 변화를 가늠할 수 있는 균열 지점을 작품 속에 형상화하기란 여간 어려운 일이 아니다. 『마담 보바리』와 『감정 교육』 사이에서 플로베르는 그러한 변화를 설득력 있게 드러낸다. 두 작품 모두 낭만적 환상과 현실의 사랑이 일치할 수 없다는 고전적 주제에 충실하지만 『마담 보바리』의 에마 보바리의 삶은 관능성으로 충만하다. 반면 『감정 교육』의 프레데릭에게는 관능적 사랑의 체험은 고사하고 사랑은 지연된 상태로만 가능하다. 사랑은 신기루나 유령과 같다. 플로베르의 세계에는, 쥘리앵 소렐처럼 10시를 알리는 마지막 종소리가 울릴 때까지 곁에 있는 레날 부인의 손을 잡지 못하면 자살해 버리겠다는 격정이 없다. 그렇다고 자신의 모습을 감추며 사랑하는 이에게 연애편지만 계속 써 보내던 시라노 드 베르주라크 같은 지고지순한 사랑도 불가능하다. 『감정 교육』의 프레데릭 모로는 다른 여자들과는 온갖 사랑의 행위를 벌이면서도 정작 욕망의 대상인 아르누 부인에게는 다가가지도 벗어나지도 못하며 주위를 맴돌 뿐이다.

모파상은 「밤」에서 "누구나 격렬하게 사랑하는 대상에게 결국 죽임을 당하는 법이다."라고 서술했지만, 사랑은 있으나 격렬함이 없는, 그러므로 죽음조차 불가능한 '진부함' 속에서 플로베르는 현대의 '어리석음'을 날카롭게 포착한다. 『감정 교육』의 현대성은 불가능한 사랑이라는 부정성을 가지고, 다시 말해 주인공이 아무것도 이루지 못한다는 사실을 가지고 한 권의 소설을 완성했다는 사실에 있다. 플로베르 필생의 꿈이었던 "무에 관한 책"의 단면을 이 작품에서 엿볼 수 있다.

『세 가지 이야기』는 『부바르와 페퀴셰』의 집필이 지지부진하자 중단하고, 잠시 휴식을 취하기 위해 1875년 9월부터 1877년 2월까지 약 십오 개월 만에 쓴 작품집이다. 소설을 쓰다가 휴식을 취하기 위해 또 다른 소설을 쓴 것도 그렇지만, 그렇게 쓴 소설 세 편이 하녀의 삶을 통한 현대인의 초상, 중세 성자전, 고대 로마의 정치·사회 풍자 속에 드러난 성인전이라는 사실도 놀랍다. 플로베르가 자료 조사나 언어에 엄청난 노력을 기울인다는 사실을 고려하면 이 짧은 기간에 각기 다른 시대를 배경으로 심리적·초자연적·역사적 성격을 지닌 주인공들을 성공적으로 드러내는 것은 쉬운 일이 아니다.

『세 가지 이야기』의 특성을 이해하기 위해서는 조르주 상드와 교환한 편지를 언급할 필요가 있다. 상드의 문학관은 플로베르와 정반대지만 노작가에 대한 존경심에서 플로베르가 「순박한 마음」의 펠리시테를 창조했다고 알려져 있다. 19세기 소설은 낭만적 이상주의와 사실주의라고 하는 대립적인 두 사조의 지배 아래 놓여 있었다. 상드는 이상주의를 대표하는 소설가였고, 플로베르는 발자크와 더불어 현실의 세부 사항을 강조하는 사실주의 소설가로 알려져 있다. 이상주의와 사실주의의 차이는 발자크가 상드에게 보낸 편지에서 밝혔듯 "당신은 존재해야 할 인간을 탐색하고, 저는 있는 그대로의 인간을 다룹니다."라는 표현에서도 확인할 수 있다. 당시 플로베르는 피리 코뮌, 프리시아의 침공, 어머니의 죽음, 조카의 파산으로 인한 재정 악화, 건강 문제 등으로 위기를 겪었다. 그래서 상드에게 자신의 문학에 대한 평가와 더불어 문학이 나아가야 할 방향에 대해 질문하는 편지를 썼다. 상드는 문학 작품에 드러난 태도가 염세적이라면서 플로베르의 작품은 위안을 주지 않고 절망만 심어 주며, 비판적인 태도가 앞서서 개인의 감정은 드러나지 않고 사회의 현실이 그려질 뿐이라고 지적한다. 독자를 감동시키는 것은 형식에 대한 완벽한 신앙이 아니라 현실의 내용과 깊이이며, 사회에 대한 비판과 풍자를 넘어 영혼이 드러나야 한다는 것이 상드의 요지였다.

등장인물들이 신비 체험을 하고 고난 끝에 구원을 받는 『세

가지 이야기』가 플로베르의 작품 세계에서 예외적인 세계관을 보여 준다고 말할 수는 없다. 플로베르가 현실을 정확하게 묘사한 것은 '진실'을 전달하기 위함이다. 그에게 아름다움은 인물이 외부 세계와 맺는 관계를 정확한 비례와 균형 속에서 제시할 때 얻어질 수 있으며, 이것이 곧 진실이었다. 이것을 현대 문학가들은 '문체'라고 불렀고, 플로베르 이후 작가의 작업은 자신만의 문체를 찾아내야 하는 고통스러운 작업이 되었다.『세 가지 이야기』는 객관적 세계를 충실히 재현하면서도 영혼을 드러내고 아름다움을 실현할 수 있음을 보여 준 작품이다.

플로베르는 「구호 성자 쥘리앵의 전설」, 「순박한 마음」, 「헤로디아」 순으로 작품을 썼다. 1880년에 작가가 갑자기 세상을 뜨는 바람에『세 가지 이야기』는 작가가 생전에 출판한 마지막 작품이 되었다. 이 작품에 대해 플레이아드판 편집자는 "플로베르 예술의 파노라마적 관점을 보여 주는 짧지만 완벽한 종합"이라고 평했다. 프랑스 문학 사전은 플로베르의 작품 중 「헤로디아」가 가장 신비롭고 「구호 성자 쥘리앵의 전설」이 가장 완벽하며, 「순박한 마음」이 가장 순수하다고 소개한다. 재판 때문에 스캔들을 일으키며 대중적으로 성공했던『마담 보바리』를 제외하면 출간 당시 혹평을 받은 다른 작품들과는 달리『세 가지 이야기』는 대중적으로나 예술적으로 성공작이었다.

2

많은 비평가들이 성격이 다른 이 세 작품을 플로베르가

하나의 소설집에 묶은 이유를 궁금히 여겼다. 이 작품들을 아우르는 주제로 '숭고함'을 주목할 수 있다. 「구호 성자 쥘리앵의 전설」은 제목에서 드러나듯 성자의 삶을 다룬 것이고, 「헤로디아」 또한 세례자 요한(작품에서는 요카난이라는 이름으로 등장한다.)을 다루고 있으니 성자전이라고 할 수 있다. 그런데 「순박한 마음」에 등장하는 펠리시테는 성자라고 할 수 없는, 프랑스 노르망디 조그만 도시의 하녀에 불과하다. 『세 가지 이야기』의 주인공들이 점진적인 쇠락의 과정을 겪다가 죽음을 겪고 구원을 받는다면, 신앙심은 깊지만 성녀의 자질은 전혀 갖추지 못한 19세기의 평범한 여자는 어떤 점에서 순교자의 삶을 산 걸까?

「순박한 마음」은 작가의 유년기 기억이 녹아 있는 작품이다. 연구자들은 등장인물이나 거리 이름 등 세부적인 지표를 작가의 삶과 관련지어 거의 예외 없이 현실과 일대일 대응한 긴 목록을 만들어 제시할 정도다. 다시 말하면 이 작품은 함께 묶인 세 편 중에서 가장 현실에 밀접한 작품이다. 그런데 「순박한 마음」의 에피소드들은 논리적으로 연결되었다기보다는 극적 사건 없이 펠리시테의 인생 여정을 따라가며 다소 느슨하게 연결되었다는 인상을 준다. 이 작품에 그나마 일관성을 부여하는 요소는 펠리시테가 누군가를 끊임없이 사랑한다는 사실이다. 그녀는 첫사랑부터 시작해서, 오뱅 부인의 아이들인 폴과 비르지니를 사랑하고, 이어 조카 빅토르를 사랑한다. 빅토르가 죽은 후 사랑의 범주는 더욱 확장되어 행군하는 병사들, 망명한 폴란드인, 아무도 돌보지 않던 콜미슈 영감까지 국적, 신분, 정치 성향을 가리지 않는다. 그녀의 "동물적인 헌신과 종교적인 경배심"은 앵무새 룰루에게로 그대로 이어진다. 룰루가 죽자 펠리시테는 앵무새를 박제로 만들어 자기 방에 간직한다. 그 방에는 과거의 잡동사니들, 예를 들면 오뱅 씨의 외투, 비르지니의 작은 모자, 조카가 준 선물 등이 종교와 관련된 물건들과 뒤죽박죽 섞여 있다. 그녀에게 사랑의 욕구는 사랑했던 대상에게 속했던 물건을 소유하고자 하는 욕망으로 드러난다. 그녀에게 소유란 사랑의 표현이었던 것이다.

그녀의 사랑에서 또 하나 특징적인 사실은 사랑하는 대상과 자신을 구분하지 못한다는 데에 있다. 사랑을 쏟았던 비르지니가 성체를 받는 장면에서 펠리시테는 자신이 성체를 받는 환상에 빠진다. 작가는 "진정한 애정에서 나오는 상상력 덕분에 그녀 자신이 비르지니가 된 것 같았다."라고 서술한다. 또 펠리시테는 조카가 항해를 하며 겪는 모든 고난을 상상 속에서 함께 겪는다. 이처럼 그녀에게 사랑은 끊임없이 주는 것인 동시에 타인과 자신을 동일시하는 것이다.

「순박한 마음」의 초고에 플로베르는 '앵무새'라는 제목을 붙였는데, 그만큼 앵무새는 작가에게 상징적인 의미를 지닌 대상이었다. 펠리시테가 성령과 앵무새의 유사성을 발견한 순간은 단조롭기만 했던 그녀의 삶에서 결정적인 지점이다. 성령이 말하는 존재라면 말 못 하는 비둘기보다는 인간의 말을 되풀이할망정, 말할 수 있는 앵무새가 성령으로 적합하다고 그녀는 생각한 것이다. 병석에 누운 채 그녀는 성체 안치소에 유일한 재산이자 가장 소중한 대상인 앵무새를 바친다. 앵무새가 성령이 되는 것은 '말'하는 능력을 갖추었기 때문이고, 그 말들은 펠리시테가 가르쳐 준 것이기에, 말하는 앵무새를 바치는 행위는 자신을 바치는 행위라고 할 수 있다. 룰루는 그녀 자신이기도 하다. 룰루에게 가르쳐 준 몇 마디 단어, "잘생긴 소년! 감사합니다, 나리! 인사드려요, 성모님!"은 그녀의 관심사를 드러낸다. "잘생긴 소년!"은 죽은 조카가 여전히 펠리시테의 마음속에 무겁게 담겨 있음을 알려 주며, "감사합니다, 나리!"는 그녀의 사회적 신분을, "인사드려요, 성모님!"은 그녀의 종교적 정신세계를 드러낸다. 앵무새를 바치는 것은 '사랑'의 궁극적인 형태인 자기 봉헌의 실천이다.

임종이 임박한 순간, 그녀는 예언적인 비전 속에서 거대한 앵무새의 환영을 본다. "마지막 숨을 내뱉으며 그녀는 열린 하늘에서 거대한 앵무새 한 마리가 자기 머리 위를 나는 모습을 얼핏 본 듯했다." "열린 하늘"은 천국의 문이 열린 것을 암시하며, 그 문을 통해 펠리시테는 하늘나라로 들어갈 수 있다. 앵무새와 성령의 유사성을 이해한 사람은 펠리시테뿐이라는 점에서 환각을 통한 구원은 불완전해 보이지만, 사랑하고 자신을 지우고 봉헌하는 행위가 천국의 문을 열 열쇠라는 사실에는 의심의 여지가 없다.

「순박한 마음」의 앵무새를 작가의 은유로 이해할 수도 있다. 룰루는 새장 안에 갇힌 채 펠리시테가 가르쳐 준 제한된 언어만 반복하는 어리석은 존재다. 게다가 펠리시테가 바치는 박제된 앵무새는 벌레가 파먹고 날개는 꺾이고 배에서는 충전재가 삐져나온, 그야말로 '쓰레기'에 불과하다. 그러나 주인마님보다 오래 사는 것을 세상의 질서에 어긋나는 것으로 여기고 주인마님처럼 폐렴으로 죽는 것을 자연스럽게 여기던 펠리시테는 성령으로 날아오른 앵무새 덕분에 구원받는다. 박제된 앵무새가 환상적 앵무새로 변모하여 성령으로 날아오르는 모습은 언어의 힘으로 죽은 물질에 생명력을 부여함으로써 숭고한 아름다움을 창조하고자 했던 작가 플로베르의 이상이 실현된 예라고 할 수 있다. 이 작품을 통해 플로베르는 자신이 염세적인 사실주의 작가를 넘어서 있음을, 사실주의와 이상주의가 대립적이지 않다는 사실을 성공적으로 증명한다.

『구호 성자 쥘리앵의 전설』의 주인공 쥘리앵의 삶은 "예언대로 되기"라는 의미에서 '되기'의 드라마다. 쥘리앵은 "자신으로부터 해방되기"라는 점에서 숭고함의 또 다른 차원을 보여 준다. 그는 태어날 때부터 범상치 않은 운명의 기호 아래 놓인다. 예를 들면 쥘리앵은 성모 마리아가 무염 수태한 것처럼 아버지의 개입 없이, 어머니의 기도만으로 탄생한 것 같다. 그리고 그에게는 두 예언이 내려져 있다. 어머니에게 나타난 은거승은 아들의 운명을 '성인'으로 예언했고 아버지에게 나타난 집시는 많은 피를 흘리게 할 '정복자'로 예언했다. 이 예언들은 쥘리앵이 신앙과 기사라는 중세의 두 축 사이에서 분열된 인물임을 암시한다. 대립적인 두 예언을 조화롭게 실현하는 것이 그에게 주어진 운명이다.

특이한 점은 그가 살육에서 엄청난 희열을 느낀다는 사실이다. 그는 소성당에서 본 생쥐부터 시작해서 비둘기, 사슴에 이르기까지 온갖 동물을 만나는 대로 가리지 않고 해친다. 쥘리앵의 살육에는 망설임이 없다. 플로베르의 다른 주인공들과 마찬가지로 그도 절제가 불가능하다. 그런데 쥘리앵의 무절제한 살육 행위에는 관능적인 면모가 추가된다. "날갯짓하는 흰 날개"로 보이던 어머니의 모자를 창을 던져 맞힌 것은 마치 성적 충동이 살해 욕구로 표현된 것 같다. 쥘리앵은 구원

받기 전에 살육하는 자다. 그 과정에서 그는 인간성을 상실하고 동물처럼 변해 간다. 그의 동물성은 추락의 상징이다.

그런데 부모님이 들었던 두 예언에 쥘리앵이 들은 또 다른 예언이 덧붙여진다. 쥘리앵은 사슴 가족을 죽이는데, 수사슴은 그의 비인간적이고 무감각한 살육을 "족장처럼 재판관처럼" 저주한다. "저주받을지어다! 저주받을지어다! 저주받을지어다! 잔인한 가슴을 지닌 자여, 언젠가 너는 아버지와 어머니를 죽일 것이다!" 흰 수염을 기른 늙은 사슴은 쥘리앵 아버지의 분신이다. 쥘리앵은 아버지를 살해하기 전에 아버지의 분신부터 살해한다. 특히 사슴은 뿔 때문에, 머리에 십자가를 지고 다니는 신적인 존재라고 할 수 있다. 쥘리앵은 인간을 넘어 신을 죽인 셈이다. 수사슴의 저주를 듣고, 쥘리앵은 살해의 관능성에 공포심을 느낀다. 수사슴의 저주대로 부모님을 살해할 것이 두려워 성을 떠나지만 그의 행태는 거의 변하지 않는다. 동물을 죽이며 느끼던 잔인한 쾌감이 기독교 세계를 구원한다는 명분을 갖추고 전쟁을 수행하는 집단적 살육으로 바뀌었을 뿐, 살해자라는 속성은 변하지 않는다. 그리고 모든 오이디푸스들이 그렇듯이, 부모님의 성을 떠나도 그는 예언이 실현되는 것을 막지 못한다. 사냥, 다시 말해 살육에 실패하고 돌아온 어느 날, 아내가 부정을 저질렀다고 의심한 그는 자신을 찾아온 부모님을 살해한다. 그에게 내려진 세 가지 예언을 모두 실현한 것이다.

살육의 강박적 욕망에서 벗어나기 위해서는 자신을 죽여야 한다. 그러나 샘물에 비친 모습에서 아버지를 본 이상, 자살한다면 이미 살해한 아버지를 다시 살해하는 것이기에 더 이상 '나'를 죽일 수 없다. 변형된 나르키소스 신화를 연상시키는 이 체험을 통해, 쥘리앵은 더 이상 죽이지 못하는 자가 된다. 그리고 죽음이 불가능한 상황에서 역설적으로 자신을 죽일 방법을 찾아낸다. 타인을 위해 자신의 본질을 '포기'하는 절대적 차원의 자기희생이 바로 그것이다. 쥘리앵은 사공이 되어 봉사하면서 비로소 자신을 내려놓는다. 그는 나환자를 실어 강을 건너고, 음식과 침대를 주고 심지어 온몸으로 그를 덮힌다. '벌거벗기'는 걸리적거리는 모든 것을 제거하는 행위이며, 자신의 모든 것을 '내주는' 행위다. 타인과 하나 되는 순간 "넘치는 열락, 초인간적인 즐거움"이 온몸으로 밀려들고 그는 예수님과 만난다.

다시 쥘리앵의 생애를 재배치해 보자. 그에 관한 예언은 정복자, 부모 살해, 성인 순으로 실현된다. 정복자가 된 것은 부모 살해를 피하기 위한 방편이었고, 성인이 된 것은 부모 살해에 따른 죄책감 때문이었으므로, 세 가지 예언 중에서 부모 살해는 근원적 예언이라고 할 수 있다. 쥘리앵은 타인을 구하면서 자신을 구할 수 있다는 사실, 구원의 여정은 타락에서부터 이미 시작된다는 사실을 알려 준다. 동물을 살육하는 행위는 성자가 되는 것과 무관해 보이지만, 무절제한 동물 살육이나 봉사와 자기희생은 '자기 망각'이라는 공통점이 있다. 성자가 되는 것은 자신을 완전히 벗어던질 때 가능하다.

『구호 성자 쥘리앵의 전설』에서도 이상주의는 사실주의와 모순되지 않는다. 예언이 실현되는 중세의 신비주의 전통에 따라 쥘리앵은 죽는 순간 예수님과 만나 자기 구원을 성취한다. 그런데 이 작품의 마지막 문장에서 작가는 "이는 우리 고장 대성당의 스테인드글라스에 그려져 있는 구호 성자 쥘리앵에 관한 이야기를 거의 그대로 옮긴 것이다."라고 구체적으로 이 우화의 출전을 밝힌다. 작가가 직접 개입함으로써 독자는 지금까지 서술된 숭고함이 글로 쓰인 숭고함이라는 사실을 깨닫는다. 독자는 중세 우화의 세계에서 빠져나와 19세기라고 하는 현재로 넘어오게 된다.

「헤로디아」의 주인공은 누구인가? 글의 분량으로는 헤롯 안티파스가 주인공처럼 보이지만, 실제 주인공이 누구인지는 불분명하다. 헤롯 왕은 마케루스 성채를 지배하는 지상의 권력자다. 그러나 그는 살로메의 춤을 보고 욕정에 사로잡히고, 살로메는 어머니 헤로디아의 말에 복종하며, 헤로디아는 자신을 저주하는 요카난에게 사로잡혀 있다. 요카난이 이 일방적인 연쇄 고리의 끝에 놓여 있다는 점에서 요카난이 궁극적인 주인공으로 보이기도 한다. 실제로 플로베르는 「순박한 마음」 다음 작품으로 "세례자 요한에 관한 이야기"를 준비하고 있다고 편지에 밝힌 바 있는데, 요카난이 바로 세례자 요한이다. 「헤로디아」에서 그는 지하 감옥에 갇혀 세상의 타락을 저주하고 천국을 예언하는 '목소리'로 등장할 뿐이다. 그런데 혼란스러운 말의 홍수 속에서 지하 감옥에서 외치는 요카난의 목소리가 모든 이들을 사로잡으며, 요카난을 죽일 것인가 하는 문제가 갈등의 핵심이 되고, 그의 잘린 머리를 모든 사람이 응시하기 때문에 등장인물들은 요카난에 사로잡혀 있다고 할 수 있다. 감옥에 갇힌 자가 자신을 가둔 자들을 사로잡은 것이다. 게다가 살로메의 청에 따라 목이 잘리고 순교하기 이전에 그는 목소리로만 등장함으로써 '자기 지우기'를 실현한다.

그러나 「헤로디아」에서는 구원의 양상이 분명히 서술되어 있지 않다. 헤롯 왕은 연회를 파한 후에도 여전히 무기력하고 겁에 질린 상태이며, 야심가인 헤로디아나 순진하면서도 음란한 살로메도 연회장을 가득 메웠던 사람들과 마찬가지로 요카난의 목이 잘리자 구경거리가 끝난 듯 사라진다. 사실 요카난의 참수라는 결정적 사건의 중요성을 제대로 이해한 사람은 거의 없다. 살로메의 경련적인 춤이 끝나고 마나에이가 요카난의 목을 자르지 못하고 돌아왔을 때, 연회에 참석한 사람들은 "쾌락이 만족되지 않고 지연되는 데" 화를 낼 뿐이다. 그리고 참수된 요카난의 머리는 '음식'처럼 쟁반에 놓여 참석자들에게 전시된다. 연회가 미각을 만족시키는 자리였듯이, 참수된 머리는 욕망을 시각적으로 만족시키는 계기에 불과하다. 등장인물들은 아울루스 비텔리우스처럼, 만족되지 않는 허기만 강박적으로 느낄 뿐이다. 막 잠에서 깨어난 그가 죽은 요카난을 바라보는 장면은 "죽은 눈동자와 생기 없는 눈동자가 서로 마주 보며 이야기를 나누는 것만 같았다."라고 서술되어 있다. 살아 있는 아울루스의 눈과 죽은 요카난의 눈은 구분되지 않는다. 아울루스는 구시대의 종말을 고하는 이 사건의 의미를 전혀 이해하지 못하고 "연회의 쓰레기들"만 목격하는 셈이다.

　　그렇다고 해서 구원의 가능성이 완전히 배제된 것은 아니다. 잘린 머리를 들고 동트는 새벽에 기쁨에 찬 표정으로 갈릴리로 나아가는 마지막 장면에서 작가는 새로운 희망을 잠재적인 형태로 제시한다. 작품은 "매우 무거운 탓에 그들은 머리를 번갈아 들었다."라는 모호한 문장으로 끝난다. 잘린 머리는 쟁반 위의 음식처럼 소비되는 물질성 때문에 무거운 것이 아니다. "그의 과업을 땅 끝까지 펼쳐야 하니까요!"라는 파뉘엘의 예언이나 "그리스도의 도래를 알리기 위해 그분은 죽은 자들 가운데로 내려가신 것이오!"라는 설명에서 암시되듯, 앞으로 전개될 역사에서 순교가 띨 의미 때문에 요카난의 머리는 무겁다. 펠리시테나 쥘리앵이 상승의 움직임 속에서 숭고함을 경험했다면,「헤로디아」는 죽은 자들 가운데로 내려가는 하강의 움직임과 더불어 땅끝까지 확장되는 수평적인 움직임을 강조한다. 또 앞의 두 작품에서는 구원이 환상의 형태로 제시된 반면,「헤로디아」에서 구원은 타인과 공유하는 신념의 형태로 제시된다. 요카난의 희생을 통해 기독교는 새로운 탄생을 예비한 것이다. 그 예언이 완전히 실현되는지 여부는 그 이후의 역사를 알고 있는 독자들에 의해 확인될 것이다. 숭고라는 주제는 역사적 엄정성과 분리되지 않는다.

세 작품의 흐름을 주관하는 문장으로 "그분이 위대해지기 위해서는 내가 작아져야 하는 것을."이라는 요카난의 말을 꼽을 수 있다. 펠리시테나 쥘리앵, 요카난은 봉헌이든 희생이든 순교든 자기 소멸을 통해 구원받는다. 죽음은 구원과 대립되지 않는다. 플로베르는 요카난의 말을 통해, 작가로서 자신이 사라져야 위대한 작품이 남는다는 사실, 그리고 자신의 작품을 읽고 그것을 무겁게 느낄 독자와의 만남이 궁극적인 구원이라는 사실을 암시한 게 아닐까?

3

프랑스 19세기는 거인들의 세기다. 19세기 전체를 살아낸 위고뿐 아니라 스탕달, 발자크, 플로베르, 어느 시를 펼쳐 보아도 시구 한 줄 한 줄에 감동받게 되는 보들레르까지, 그들은 사회에 대해 말하면서도 '나'에 대한 감각을 잊지 않았다. 다른 세기에 태어났으면 대가 소리를 들었을 많은 작가들이 이들 옆에 서면 얼마나 작아 보이는지! 그중에서 플로베르는 프랑스 문학의 수도승으로 비유된다. 그가 문학을 대하는 태도는 '종교적'이라는 용어 외에는 설명하기가 쉽지 않다. 그의 작업 방식은 문체를 중시하는 프랑스 문학에서도 전설이 될 정도다. 발자크가 교정을 보고 개정하면서 텍스트의 양을 늘려 갔다면, 플로베르는 발자크와는 정반대로 작업했다. 널리 알려진 일화지만, 그는 유사한 음이나 단어가 반복되지 않으면서 텍스트에 가장 적절한 리듬을 부여하기 위해 큰 소리로 문장을 읽고 수정했다. 그는 강박에 가까울 정도로 자료 조사를 하고 처음에는 우선 길게 묘사한 다음, 아름다운 묘사를 삭제하고 정확하게 묘사하기를 원했다. 「순박한 마음」을 쓸 때, 한 페이지 반을 쓰는 데 삭제하고 수정한 분량이 열두 쪽이라고 밝히면서, 뷔퐁의 경우는 열네 쪽이었다고 그는 덧붙였다. 아마 그걸로 위안을 삼았을 것이다. 또 「헤로디아」를 마무리지으며 일주일 동안 열 시간밖에 자지 못했다고 밝힌 바 있다. 그의 말대로 문학은 그에게 "희생의 예술"이었다. 이처럼 한 작가를 둘러싼 아우라는 번역자를 긴장시킨다. 플로베르처럼 한 단어, 한 문장을 쓰는 데 고심한 글쓰기의 수도자 앞에서 나는 제한된 말을 모방하고 반복하는 펠리시테의 앵무새처럼 우스꽝스럽게 여겨진다. 또는 손에 펜을 들고 시적 벼락부자가 되기를 꿈꾸는 촌뜨기 같다.

텍스트는 *Trois contes, Œuvres complètes 2*(*Texte établi et annoté par A. Thibaudet et R. Dumesnil*)(Gallimard, Bibliothèque de la Pléiade, 1991)을 사용했고, 김연권 교수님

의 번역본과 영역본 *Three tales*(translated by George Burnham Ives)(Penguin Books, 1977)를 참고했다. 이번에 플로베르를 번역하게 된 것은 순전히 편집자 유상훈 씨 덕분이다. 메일과 전화로, 또 만나 이야기하면서, 20세기에 편중해 독서하던 나에게 19세기에 대한 그리움을 일깨워 주었다. 꼼꼼히 교정을 봐 준 김미래 씨께도 깊이 감사드린다.

2017년 6월
유호식

옮긴이
유호식

서울대학교 불어불문학과와 같은 대학원을 졸업하고 프랑스 파리 10대학에서 문학 박사 학위를 받았다. 자서전을 비롯하여 자기에 대한 글쓰기를 수행한 작가들에게 관심을 두고 욕망과 타자의 문제, 정체성의 구축 양상을 질문하는 논문들을 집필했다. 지은 책으로는 『자서전: 서양 고전에서 배우는 자기표현의 기술』이 있고, 옮긴 책으로는 『사랑과 죽음의 유희』(로맹 롤랑), 『페스트』(알베르 카뮈), 『성년』(미셸 레리스)이 있다. 현재 서울대학교 불어불문학과 교수로 재직 중이다.

순박한
마음

1판 1쇄 펴냄 2017년 6월 30일
1판 2쇄 펴냄 2022년 8월 3일

지은이 귀스타브 플로베르
옮긴이 유호식
발행인 박근섭, 박상준
펴낸곳 (주)민음사

출판등록 1966. 5. 19. 제16-490호
서울특별시 강남구 도산대로1길 62(신사동)
강남출판문화센터 5층 06027
대표전화 02-515-2000 팩시밀리 02-515-2007
www.minumsa.com

© 유호식, 2017. Printed in Seoul, Korea

ISBN 978 89 374 2917 0 04800
ISBN 978 89 374 2900 2 (세트)